非戦闘職の魔道具研究員、
実は規格外のSランク魔導師
勤務時間外に無給で
成果を上げてきたのに無能と
言われて首になりました
えぞぎんぎつね
ill. トモゼロ

シュトライト君。明日から君の仕事はない。
察しが悪いな、君は。クビだと言っているんだ。

クビ…ですか？
なぜでしょうか？
ずっと学院に貢献してきたヴェルナーは
学院長たちの陰謀でクビにされてしまった。

ひゃああああああ――
どうしてこんなところに
ドラゴンがっっ!?
Guaaaa

どうした、老竜。
発情期か？

うみゅ？
もう朝かや？

ヴェルナーが目を覚ますと
お腹の上でハティが涎を垂らしていた。

CONTENTS

非戦闘職の魔道具研究員、実は規格外のSランク魔導師
〜勤務時間外に無給で成果を上げてきたのに無能と言われて首になりました〜
えぞぎんぎつね
ill.トモゼロ

序章　学院追放

俺《おれ》、ヴェルナー・シュトライトは、世界最高峰と言われる魔導《まどう》の研究機関、『賢者の学院』の学院長室にいた。

「シュトライト君。明日から君の仕事はない」

そう言ったのは賢者の学院のトップである学院長である。

「え？　もう一度言ってください」

俺は耳を疑った。

聞こえていたのに、聞き返してしまったほどだ。

「察しが悪いな、君は。クビだと言っているんだ」

そう言ったのは学院長の側近で俺の上司でもある魔道具学部長だ。

魔道具学部長は俺を馬鹿《ばか》にしたような目で睨《にら》みつけている。

「クビ……ですか？」

「そうだ。クビだ」

「なぜでしょうか？」

俺は賢者の学院で研究担当の助教をやっている。

やりたくもない雑務を言いつけられたり、学生指導をしたりと忙《いそが》しく働いてきた。

俺は魔導の力を持つ道具を作る魔道具師だ。

魔導研究者の中でも特に研究室に籠《こ》もることの多い職種である。

それでも、朝から研究室に行き、授業や雑務をこなしてきた。

職員や他の教員たちの帰る夕方からが、俺の研究の時間だ。

魔道具の研究開発を、夕方から日付が変わる頃《ころ》までやって帰宅する。

それが、俺の日常だった。

我ながら相当頑張《がんば》ったと思う。


「なぜだと？　まさかとは思うが、なぜ自分がクビになったのか、わからないのかね」

「はい。わかりません」

「学院に対する貢献度が低いからだ」

全《まった》く理解できない。

「具体的にお願いします」

「君の指導する学生の成績が悪すぎる」

それは落第した学生ばかり指導したからだ。

落第し続け、放校になりかかっていた学生をきちんと卒業させる。

それが、俺に与えられた仕事だと思ってきた。

教育はあまり好きではない。

それでも伸び悩み、行き詰まっている学生を見捨てるわけにも行かず丁寧《ていねい》に指導したのだ。

指導教員に放置され、「見て盗め」と言われて落第し続けていた学生たちは、きちんと教えれば伸びた。

それまでの成績が悪すぎたから、卒業時の総合成績は悪くとも、卒業研究では、皆優秀な成績を収めている。

「皆、立派な卒業研究を残していきました。成績が悪いとしたら、私のところに来るまでに……」

「口答えをするな！　そういう反抗的なところも評判が悪いぞ！」

魔道具学部長に怒鳴《どな》り散らされる。

魔道具学部長は自分の気に入った学生しかまともに指導しないのだ。

だから多くの学生が落第し、放校寸前になって、俺のところに送られてくる。

「会議でも、いつもいらない意見を言って長引かせて……学院全体の効率を極《きわ》めて悪化させている。

そのことを理解していないのかね？」

「私は間違ったことは言っていないと思いますが」

「なんだその態度は！　目上の者に対する態度か！」

二人の態度を見て、俺は追放の真の理由がなんとなくわかってきた。

会議などで直言《ちょくげん》するのでうっとうしかったのだろう。

だから、俺の師匠が引退したこの機会に追放しようとしているのだ。

俺の師匠は、初代学院長にして名誉学院長であるケイ博士である。

今の学院長にとっても頭の上がらない存在だ。

もっと言えば、目の上のたんこぶと言っていい。

意のままに動かない俺を以前から追放したかったのだろう。

だが、師匠であるケイ博士がいたからできなかっただけなのだ。


「わかりました。そういうことでしたら、すぐに研究室を引き払いましょう」

元々、師匠から手伝えと言われたから、助教になったのだ。

師匠が引退した今、別に賢者の学院に在籍し続ける理由はない。

「ん？　何を言っているんだ？　君はクビになったんだ。研究室には入れないぞ？」

「研究室には私が開発した魔道——」

俺の言葉の途中で、学院長が大げさに驚いた様子で言う。

「それを持ち出そうというのかね？　学院の予算で開発した魔道具を私物であるかのように？」

「まったく。シュトライト君にはモラルが欠けていますね。堂々と盗用宣言しようなど」

学部長も、心の底から軽蔑《けいべつ》したような、馬鹿にしたような目を向けてくる。

魔道具開発の予算としてもらっていた額は微々《びび》たるものだ。

一月あたり、一回の昼飯代ぐらいしかもらっていない。

ほぼ十割。正確には九割九分九厘が自腹だ。

学生時代に開発した自分の魔道具のロイヤリティ収入があるので、俺は金に困っていないからいいのだが。

そして、俺が助教になってから開発した魔道具は、全《すべ》て権利は学院のものとなっている。

勤務時間中に開発したからというのがその理由だ。

もっとも、俺は勤務時間が終わってから開発していた。


「私は魔道具開発で、相当学院に貢献してきたつもりなんですがね」

「はぁ？　あの程度で貢献だと？」

「思い上がりもここまで来ると滑稽《こっけい》ですな！　あんな、学生でも開発できる程度の魔道具で貢献していたつもりになっていたとは！」

何を言っても無駄《むだ》なようだ。

「……わかりました。全て置いていきます」

「当然だよ」

「盗《ぬす》っ人猛々《とたけだけ》しいとはこのことですな」

そして、俺は研究資料や開発中の魔道具を全て置いて、賢者の学院を追放されたのだった。

◇◇◇◇◇

学院長と魔道具学部の学部長はほくそ笑んだ。

ヴェルナーの作った魔道具の品質は素晴らしく、学院に巨額の富をもたらしていた。

だが、魔道具師ヴェルナーの名声が高まるほど、魔道具学部長の地位を脅《おびや》かす。

学院長も、忌々《いまいま》しいケイ博士の直弟子《じきでし》にでかい顔をされるのは面白《おもしろ》くない。

二人の利害が、ヴェルナー追放で一致したのだ。

「シュトライトは間抜けだが、金になる魔道具を作りましたからな」

「ああ、あいつの残した研究資料と、開発途中の魔道具があれば……」

「我々が巨額の富を得られますな。もちろん学院長も共同開発者として登録させていただきますよ」

学院長と魔道具学部長は、ヴェルナーが開発していた魔道具を自分の名前で登録しようとしていた。

ヴェルナーがやっていたように、学院名義にしたら、ロイヤリティは学院に入る。

だが、自分の名前で登録すれば、巨万の富を得られる。

そう考えたのだ。

それが甘い考えだったと知るのは、すぐ後のことだった。

第一章

住む家も失う魔道具師

クビを宣告されたあと、研究室に入ることも禁じられてしまった。

仕方がないので、俺《おれ》は自分の住居へと戻ることにした。

俺は賢者の学院の寮に、それこそ学生の頃《ころ》から長い間住んでいたのだ。

もはや人生で最も長く住んでいる場所である。


俺が自室に到着すると、その入り口の前には屈強な警備員が二人立っていた。

「……あの、私の部屋に何かご用ですか？」

「シュトライトさんですね」

「はい」

「この部屋に立ち入ることはできません。この部屋も学院の財産ですので」

確かに学院の寮だから、学院の財産ではある。

だが、この部屋の住人は十年以上この俺だ。生活用品などの私物はこの中にある。

「退去しろというのはわかりました。とりあえず私物を……」

「それでも入れるわけにはいかないんです。命令ですから」

上からの命令なら、警備員に文句《もんく》を言っても仕方がない。

だが、私物を取り戻すためにどうしようか考える。

住居といっても、帰ってきて寝るだけのスペースだ。

金目のものはないが、思い出の品はある。

「この部屋には研究室のように、研究開発の何かがあるわけではないんですけど」

だから封鎖する理由もないのだ。

「事情はわかりますが……その、命令なので――」

申し訳なさそうな警備員の言葉の途中で、

――ドサドサ

扉近くの窓が開いたと思ったら、俺の私物が外に投げ捨てられた。

あまりの事態に警備員は目を丸くする。

「そのゴミを持って、とっとと消えろ！」

人の私物をゴミとはひどい言い草である。

部屋の中から聞こえた声は、学院長と魔道具学部長と仲のいい職員のものだった。

「さすがに――」

ひどすぎるだろうと思ったのだが、

「うるせえ！　消えろ！」

職員の馬鹿《ばか》にした声に続いて、ゲラゲラと笑い声が聞こえてきた。

学院長と魔道具学部長の息がかかった職員たちが集団で、俺の部屋を漁《あさ》っていたらしい。

やっていることが、ほぼ空き巣だ。

「……すみません」

警備員が謝りながら、俺の私物を拾い上げようとする。

「おい！　余計なことするな！」

それを見た職員が警備員を怒鳴《どな》りつけた。

「お気になさらず」

俺は地面にしゃがみこんで、私物を拾う。

学友や師匠、家族からもらったものなどが中心だ。

俺の衣服の類《たぐ》いは、ほとんどがボロボロになっていた。

縫い目は破られ、ポケットの中を漁った形跡さえあった。

「……人の服になんてことを」

「はぁ？　元々そうだったが？」

「ああ、確かにそうだった。なあ、みんな」

「違いない。この目でしっかり見ていた」

全員が口裏を合わせているらしい。

抗議しても、証拠がないと取り合ってもらえない可能性が高い。

俺はあきらめて、私物を回収して立ち去ることにした。

そんな俺に向かって、

「二度と戻ってくるなよ！」

また職員たちの馬鹿にしたような声と、ゲラゲラという笑い声が浴びせかけられた。

寮から立ち去る前に、もはやゴミと化した俺の衣服の大半をゴミ捨て場に捨てた。

残ったのはわずかな衣服と思い出の品だけだった。


追い出されるようにして学院を出た俺は、困っていた。

「職と同時に住む場所まで失ってしまった」

このままでは、冬だというのに野宿である。

命にかかわりかねない。

実家に戻るという手段はあるが、父も兄も俺が魔道具を作ることにあまり好意的ではないのだ。

なるべく実家に戻るのは最終手段にしたい。

「部屋を借りるために、馴染《なじ》みの商人のところに行くか」

俺は助教時代に魔道具を卸《おろ》していたゲラルド商会へと向かうことにした。

ゲラルド商会は、大きな商会である。

日用品から魔道具、宝石類から武具防具、それに不動産まで扱っているのだ。

ゲラルド商会には、いままでとてもよくしてもらっている。

俺がまだ十歳ぐらいのころ、師匠であるケイ博士のお使いで出向いた時からの付き合いだ。

先代の商会長は、子供だった俺にお菓子《かし》をくれたり、色々可愛《かわい》がってくれたものだ。

学院を卒業し、助教になって、商会長も代替わりした。

それでも、ずっと仲良くしてもらっている。


俺はいつものように、ゲラルド商会の建物の中へと入る。

「すみません」

「…………」

商会にはいつものように店員がたくさんいる。

だが、いつもとは違い、誰《だれ》も挨拶《あいさつ》を返してくれなかった。

いつもならば、気付いた店員が駆《か》け寄ってくるのだ。

「あの、シュトライトですけど、用がありまして」

「こちらには用はありませんよ？」

そう言ったのは主任の一人だ。

店員の中ではそれなりに偉い人物である。

「え？」

「学院をクビになった、みじめなあんたに構ってる時間はないって言ってんだよ」

まさか、俺が学院の仕事のふりをしてやって来たとでも誤解しているのだろうか。

「いや、今日は学院の仕事ではなく、個人的に……」

「だ～か～ら！　お前なんかと、うちは取引しねえって言ってんだ、帰れ！」

店員たちがこちらを見て、馬鹿にしたようにくすくすと笑っていた。

店の奥にいる商会長が、冷たい目でこちらを見ている。

ゲラルド商会全体が、俺とは取引しないと決めたのだろう。

学院長が裏から手を回したのかもしれない。

「そういうことなら、わかりましたよ」

誰と取引するかは店の自由だ。

腹が立つし、理不尽に感じるが仕方がない。

俺はあきらめて店を出ると、冬の寒空の下を歩いていった。

◇◇◇◇◇

立ち去ったヴェルナーを見て、店員の一人が主任に言う。

「見ましたか？　あのみじめな後ろ姿を」

「ああはなりたくねえな」

主任はそう言って、ヴェルナーを鼻で笑った。

「これからは、『賢者の学院』が開発した優秀な魔道具を専売できるってことっすね」

「ああ、大儲《おおもう》けだ。あいつも魔道具学部の研究者の一人だったらしいがな」

「でも、下っ端《したっぱ》っすよね」

「そうだ。偉大なる師匠の七光りで助教になった無能らしい」

「はぁ。どこの世界にもいるんすねぇ、コネだけで偉くなる無能ってのは」

「そうだな。魔道具学部長さまと、その指導を受けた優秀な研究者たちの魔道具があれば、うちが魔道具販売の分野で天下を取るのもそう遠くはないだろうさ」

「ボーナスも期待できますね！」

「そうだな」

ヴェルナーの情けない背中を見て、ゲラルド商会の皆がそう思っていた。

ボーナスに胸を躍らせ、ワクワクしていた。

そして、商会長は誰よりも黒い笑みを浮かべていた。

だが、賢者の学院名義で販売されている魔道具の九割以上がヴェルナー一人によって開発されていたことを、彼らはまだ知らなかった。

◇◇◇◇◇

ゲラルド商会を通して家を借りるつもりだったのに、うまくいかなかった。

もう日が沈みつつある。

今日中に新しい住処《すみか》を手に入れるのは難しいかもしれない。

「どうするか。宿屋に行くとしても……」

かなり歩くことになる。


賢者の学院は王都の中でも、王宮に近い場所にある。

周囲には上級貴族の屋敷などが並んでいるのだ。

王宮や上級貴族をお得意さまとしている大商会の本店などはあっても、宿屋はほぼない。

俺が泊まりたい安い宿屋などは、皆無《かいむ》である。

安い宿屋に泊まるためには、冬の夜の道を数時間歩く必要がありそうだ。


「……寒くなってきたな」

日が沈み、さらに悪いことに雪が降り始めた。

元々温かい室内で研究していたところを、学院長室に呼び出されて追い出されたのだ。

雪の降る中を歩くには、少し薄着だ。

「何か服があったような」

職員に大半の服をごみにされてしまったが、無事だった服もあるのだ。

鞄《かばん》をガサゴソ探って、無事だった厚手のローブを取り出した。

「これが無事だったのは、奇跡だな。いや……そうじゃないか」

そのローブは師匠であるケイ博士から、以前もらったものだ。

師匠が素材から手作りした服で、とても丈夫《じょうぶ》で温かいのだ。

刃物も通らないし、牛に引っ張らせても破れない。

「職員も破こうとしたが、できなかっただけかもな」

盗まなかったのは、一見するだけでは、地味でボロのようだからだろう。

それに、盗品を持っていれば、俺が訴え出たときに証拠になり得る。

危険を冒してまで、ボロは盗まなかったのだ。


俺は師匠に感謝して、そのローブを身に着けた。

「む？　なんだこれは」

ポケットの中に何かが入っている。俺の記憶にないものだ。

手に取ってみると、小さな筒だ。

しかも、軽い認識阻害《そがい》の魔法がかかっている。

魔導師ではない職員では気づけないだろう。

「……こんなことをするのは師匠かな」

このローブを最後に着たのは、一年ぐらい前だろうか。

その後、どのタイミングかわからないが、この筒を仕込んだのだろう。

俺の部屋に自由に出入りしていた師匠なら簡単なことだ。

「えっと、筒の中には一体何が……」

筒の中には手紙と小さな球が入っていた。

『親愛なるシュトライト君
もし困っているなら、その球に魔力を込めて空高く放り投げるがよい』

手紙にはよくわからないことが書かれていた。

しかもどうやら、文章はそこで終わっている。

「なんだこれは？　だが、師匠の指示だからきっと何か意味が……」

俺は球に魔力を込めて、空高く放り投げた。

すると、

――ひゅるひゅるひゅるひゅる…………ドーン

雪の降る冬の夜空に似つかわしくない、綺麗《きれい》な花火が上がった。

「なんだ、これ」


俺はもう一度手紙をじっくりと見る。

すると、うっすらと文字が浮かび上がってきた。

「花火に反応して文字が浮き出る仕組みか」

手紙と花火で一つのセットとなる、複雑で非常に高度な魔道具だったらしい。

同じものを作るならば宮廷魔道具師が総力を挙げても数か月かかるだろう。

「それで、そんな高度な魔道具を用意して師匠は一体何を……」


俺は浮き出た文字を読む。


『どうだ。綺麗だっただろう。

たまには夜空でも見上げて、のんびり深呼吸でもしてみたらいい。

そうすれば、何かいい考えも浮かぶかもしれないな。

君の偉大なる師匠、大魔導師ケイ』

書かれていたのは、それだけだった。

「……えぇ」

師匠の書いていることは何も間違っていないが、今の俺には何の役にも立たなかった。

大人なのだから、困っても自分で何とかしろということなのだろう。

「……まあ、いいか。宿屋に行こう」

師匠は遊び心を持った人間なのだ。

深く考えても仕方ない。

だから俺は夜道をゆっくり歩いていった。


花火を打ち上げてからだいたい十分後。

大きな馬車が走ってきて、俺の真横で止まった。

そして、中から身なりのいい男が降りてくる。

「ヴェルナーさま。お探しいたしました」

「………うん」

その男は、俺のよく知っている人物だった。

実家の執事の一人である。

「ヴェルナーさま。お寒いでしょう。どうぞ馬車の中へ」

「俺は宿屋に——」

「一晩ぐらいよろしいでしょう。それに今、お屋敷にいらっしゃるのは子爵閣下だけでございますから」

「わかったよ」

馬車に乗った俺は、そのまま実家へと連れていかれたのだった。

第二章

辺境伯家の王都屋敷

馬車の中は温かかった。

冬の寒空の下を歩いて冷え切った身体《からだ》が温まっていく。


馬車で走ると、すぐに実家の屋敷が見えてきた。

到着すると、執事は俺《おれ》より先に馬車を降りて、丁寧《ていねい》に礼をする。

「おかえりなさいませ、ヴェルナーさま」

「うん、ただいま」

屋敷の中に入ると、玄関ホールで姉が仁王立《におうだ》ちしていた。

姉は俺をじっと見る。

「賢者の学院をクビになって、住むところがなくなったなら、すぐにこちらに来なさい。連絡もよこさずに、お前はまったく」

「俺はこの屋敷には父上と兄上がいると思っていたんだ」

「だからといって……」

父と兄と仲が悪いとか、いじめられているというわけではない。

「父上も兄上も俺が魔道具の研究するのは反対だろう?」

「それは確かにそうだが」

「俺が賢者の学院をクビになったと知れば、絶対に面倒なことになる」

父と兄は、俺が魔道具研究を続けることに反対しているのだ。

その意見を抑えるのに、賢者の学院の助教という立場は非常に便利だった。

「私も、父上の気持ちはわからなくもないし、そうなったら確かに嬉々として色々とヴェルナーにさせようとするだろうね」


俺の父はシュトライト辺境伯という大貴族だ。

その父は俺に「魔道具の開発をやめろ」とよく言ってくる。

そして辺境伯家の軍隊を率いている兄グスタフも、父と同意見だ。

何かあれば、俺に魔導師として軍に入れと言ってくるのだ。

俺は軍人になどなりたくない。

だから、実家とは距離を置いているのだ。

子供の頃《ころ》にケイ博士の弟子《でし》となることを父が許可したのも、攻撃魔法を極《きわ》めて軍で活躍することを期待してのことだ。

だが俺は攻撃魔導師の道ではなく、非戦闘職である魔道具師となった。

父としては期待を裏切られた思いだろう。

「父上とグスタフのことを面倒に思う気持ちはわかる。だが、いつもお前の味方をしている私にすら、連絡しないというのはどういうことだ？」

姉は少し怒っているようだった。

「それは申し訳なく思っているよ。だけど、姉さんが王都に来ていることを俺は知らなかったんだ」


姉ことローム子爵ビルギット・シュトライトはシュトライト辺境伯家の嫡子《ちゃくし》、法定推定相続人である。

法定推定相続人とは、継承順位一位かつ、今後誰《だれ》が生まれても継承順位一位から動かない者のことだ。

そして、ローム子爵というのは、シュトライト辺境伯の法定推定相続人が名乗る従属爵位なのだ。

そんなローム子爵ビルギットは、シュトライト辺境伯の代理人として定期的に王都に滞在している。

そうして、宮廷に対する政治的なあれこれや、貴族同士のあれこれなどなど、毎日色々と忙《いそが》しく働いているはずだ。


「私が帰ってきていることを知っていれば、連絡したと？」

「まあ、そうなる」

そう言うと、姉の表情は柔《やわ》らいだ。

「ふむ。では連絡をよこさなかったことへの説教はこのぐらいにしておく」

「ありがとう」

「お腹《なか》は空いているね？　続きはご飯でも食べながらにしよう」


それから食堂に移動して、俺は出されたご飯を食べた。

やはり辺境伯家の屋敷で出る食べものは美味《おい》しい。

賢者の学院で研究しながら、口にただ放り込むだけの乾燥《かんそう》パンとは比べものにならないほどに美味《うま》い。

美味しいご飯を味わっている俺を見ながら、姉はお茶を飲んでいた。

お腹がいっぱいになった後、俺は気になることを姉に尋ねる。


「……ところで、どうして俺の居場所が分かったんだ？」

「花火を上げただろう？」

「上げたな」

「ケイ博士から今朝《けさ》手紙が届いてな。花火が上がったら、ヴェルナーが困ってるから助けてやれと」

「……あのいたずらにしか思えない手紙と花火にそんな意味があったのか」

驚くしかない。

「というか、ケイ先生は俺がクビになることを知っていたのか？」

「そうかもしれないな。何しろ千年の時を生きる大賢者さまだ」

何を、どこまで考えているのか、弟子の俺にもわからないことはよくある。

「とりあえず、ヴェルナーはこの屋敷でしばらくゆっくりしなさい」

「……それは、やめておく。研究したいからな」

姉が好意で言ってくれているのはわかる。

だが、この屋敷には、父や兄も定期的にやってくるのだ。

それに研究設備などもない。

「本当にヴェルナーは研究が好きだね」

「そうだな。多分性《しょう》に合っているんだと思う。辺境伯家で内政や軍事面を手伝うよりもね」

「……なら、あれを渡すしかないね」

そう言って姉は、執事に何事かを囁《ささや》いた。

姉に囁かれた執事は、素早くどこかに消える。


「姉さん、あれってなんだ？」

「ケイ博士からヴェルナーあてにも手紙が届いていたんだよ」

「……手紙か」


先ほどの花火の手紙と対になる手紙ということかもしれない。

困った俺が花火を上げることで、辺境伯家に連れ戻される。

そして、その辺境伯家に手紙を託しておく。

そういう回りくどいことをやりたかったのかもしれない。

深謀遠慮《しんぼうえんりょ》なのか、遊び心なのか、全《まった》く読めないのがケイ先生だ。


「ケイ博士って、今はどちらにいらっしゃるんだ?」

「俺も知らない。先週、突然学院に辞表を出して消えたんだよ」

「ふむ? よくわからないな」

「俺にもよくわからない」


弟子である俺にも何も告《つ》げず、師匠は突然消えたのだ。

学院長には腰が痛いという理由で辞表を出していたようだ。

だが、俺はその理由を信用していなかった。

千歳以上と噂《うわさ》されているものの、ケイ先生の実年齢は不明である。

ケイ先生はエルフ。

老化は遅い。ぱっと見では俺より年下に見えるぐらいだった。

身体も健康そのもの。だというのに急に腰が痛いとか言い出したのだ。

怪《あや》しいことこのうえない。

そんなことを少し考えていると、執事が戻ってくる。


「閣下、こちらです」

「ありがとう」

手紙を受け取った姉は、そのまま俺に手渡してくれる。

「何が書かれているのかはわからないが、とりあえず読んでみるといい」

「ありがとう」

「もしかしたら、研究所を建てるから手伝いに来いとか書いているかもしれないし」

「それはないと思うよ。……どれどれ」

俺はケイ先生からの手紙の封を切って目を通す。

『親愛なるシュトライト君
これを君が読んでいる頃、わしは田舎《いなか》の温泉に浸《つ》かってゆっくりしていることだろう。
きっと君のことだ。
学院をクビになって、困っているに違いない。
まあ、これを読んでいるということは、無事、ご実家に戻ったのだろう。
君は異常に優秀で強いから心配はしていない。だが、わしのほうが強い。

ささて、君には何も言わず隠居したこと、申し訳なく思っている。

だが、どうしても腰が痛かったのだ。

そういうことになっている』

「絶対嘘《うそ》だろ……まあいいか」

そういうことになっているのなら仕方がない。

俺は細かいことには気にせず、続きを読み進める。


『一応、わしの後任として君を推薦しておいたが、学院長のことだ。

わしの後任に君を就任させることはあるまい。

むしろ難癖《なんくせ》をつけて、追い出したりしたことだろう。

だが、いい機会だ。学院を離れてもいいと思う。

あいつらの君に対する態度はよくない。

クビになっても君は困るまい。だが、あいつらは困るはずだ。

君は当面好きに過ごせばいい。ひきこもってもいいだろう。

もしかしたら、わしから君に何か頼むことがあるかもしれない。

その時は頼む。

師として君に教える魔法技術はもうない。もちろんわしのほうが強いのだが。
ちなみに、ひきこもることは別に悪いことではない。
実際、わしは温泉付きの家を買ってひきこもっている。
うらやましいだろう。
わしは強いのでこういうことができるのだ。

君は天才だ。
魔道具は独創的にして革新的。
控えめに言っても、魔法理論を二百年は進化させただろう。
ちなみにわしは八百年は進化させた。

わしは君に危険な新技術を開発するのは慎重にしろ、などとは言わん。
技術や理論の進歩は止められん。隠しても誰かが思いつくものだ。
君自身が悪《あ》しき目的で開発や研究をしなければそれでよい、とわしは思う。
だが、師として老婆心《ろうばしん》ながら、これだけは言わせてもらおう。
研究所の防護はしっかりしろ。
わしよりも弱い君にとってはとても大切なことだ。
安全安心快適なひきこもりライフには、それが必須だ。

そして最後にわしから大切なことを一つ言っておこう。

わしのほうが強い。


君よりも強い君の偉大なる師匠、大賢者ケイ』

そこまで、自分の方が強いと強調しなくてもいいのにと思う。

千歳を超え、実績もあり、地位も名誉も得ているのに、まだ弟子に負けたくないというその向上心。

なんと若いことか。

俺も見習わなければなるまい。


「……とはいえ、自分で自分のことを大賢者とか偉大とか言うか？　普通」

「ケイ博士は何だって？」

「研究室の防護はしっかりしろって」

「それだけ？」

「それだけだな。あと師匠のほうが強いと」

そう言って、俺は手紙を姉に渡す。

手紙を読んだ姉は、

「本当にそれだけなんだね」

と呟《つぶや》いた。


「姉さん。師匠には色々言いたいこともあるが、書いてあることは間違いない。研究室の防護、つまり防犯と防御はすごく大切なんだ」

「防犯なら、この屋敷も充分――」

「もちろん警備は厳重だろう。だが、師匠の言う防護というのはそれだけじゃない」

「ふむ？」

姉はこちらをじっと見て、俺に続きを話すように促してくる。

「開発する魔道具には鉱山用採掘に使う爆弾の類もある。事故が起こっても周囲に被害が及《およ》ばないようにしなければならない」

「それは、そうだろうな。起こさないよう万全を尽くしていても起こりうるから事故なのだし」

「まあ、いつも危ないものを作っているわけではないが、魔道具作りに使う薬品類には有毒なものもある」


賢者の学院の壁は非常に分厚い。

有毒ガスが発生したときに排出する装置などもあった。

そのような設備のない辺境伯家の屋敷で、開発をするのは危なすぎる。

「ということで、防護用の魔道具が完成するまで、王都を離れようと思う」

「……王都郊外に研究所を作るのか？」

「ひとまずは。数年前に師匠の手伝いをしたときに使っていた拠点を使わせてもらうよ」

「……そうか」

「ということで、早速」

「待て待て。少しゆっくりしていくといい」

姉は慌てたようにそんなことを言う。

急いでいるわけでもない。

だから俺は三日ほど辺境伯家の屋敷に滞在した。


本音を言えば、俺はひきこもりたい。

とはいえ、荒野でひきこもるのは色々大変である。

できれば王都でひきこもりたい。

田舎より都会のほうが、ひきこもり生活を送るにしても便利なのだ。

ひきこもり生活をしたことのない奴は「どうせ外に出ないのだからどこでも同じだろ」と言いがちだ。

だが、田舎と都会では、ひきこもりの難易度が色々と違う。

ひきこもるとしても、食事は取らなければならない。

他にも生活必需品もある。

それらの食料や必需品は、田舎より都会の方がはるかに簡単に手に入る。

だから、ひきこもるならば、都会がいい。

だが、都会での快適ひきこもり生活を実現するには、下準備が必要である。

「……安全安心、かつ快適なひきこもり生活まで、あと少しだ」

色々と面倒なことも多いが、ひきこもり生活のためなら頑張《がんば》れる。

俺はたくさんの保存食を姉からもらい、馬車で送ってもらって、荒野へと移動したのだった。

◇◇◇◇◇

ヴェルナーが賢者の学院をクビになった次の日。

その報《しら》せは、ラインフェルデン皇国の皇太子クラウスの元に届けられた。

それを耳にして、皇太子は顔をゆがめた。

「…………それはまことか？」

「たしかな情報です」

そう答えたのは、諜報《ちょうほう》を主任務とする皇太子の側近中の側近だ。

皇太子クラウスは三十五歳。

ヴェルナーの暮らすラインフェルデン皇国の政治を実質的に動かしているのが、この皇太子である。

「……余計なことをしてくれたものだ。大賢者さまが我が国を留守にしているというのに」

クラウスがため息をつくと、老齢の侍従長《じじゅうちょう》がうなずいた。

「大賢者ケイさまに続いて、その直弟子ヴェルナー卿《きょう》まで去るという事態は避けなければなりませぬ」

「ええ、ケイ博士ほどではないとはいえ、ヴェルナー卿も有用な男と聞いております」

そう言った若い側近を、クラウスはじっと見た。

「本気で言っているのか？」

「はい。確かに優秀だとは聞いておりますが、ケイ博士ほどではないかと」

自分の考えは何でも臆《おく》せず言うようにと、日々クラウスは部下に命じている。

だから若い側近は睨《にら》まれても臆することなく即座に答える。

「そなたは認識を改めよ。新型爆弾があったであろう？　あれを作ったのがヴェルナー卿だ」

「え？　あの爆弾をですか？　あれはケイ博士が作ったのでは？」

「違う。当時十二歳だったヴェルナー卿が作った。もっともヴェルナー卿は鉱山採掘のために作ったのだがな」

ヴェルナーの作った爆弾は、鉱山の作業員が持ち運びしやすいように軽く作られていた。

そして、威力調節も容易で、任意のタイミングで爆発《ばくはつ》させることもできる。

まさに鉱山採掘のための、便利な機能が詰め込まれていた。

だが、軽いから、普通の投石器でも城塞《じょうさい》の中に放り込むことが可能だった。

そのうえ、威力の調節も簡単で、任意のタイミングで爆発させることもできるとなれば、兵器としても非常に有用だ。


「五年続くと思われた反乱を三日で終わらせたという、あの……」

「そうだ。あの爆弾だ。もっともヴェルナー卿が開発者だというのは機密事項だ。口外するな」

「畏《かしこ》まりました」

神妙に頭を下げる若者に、クラウスは優しく言う。

「それだけではないぞ。魔法の鞄《マジックバッグ》を作ったのもヴェルナー卿だ」

「……なんと。兵站《へいたん》の概念を根底からくつがえしたという、あの魔法の鞄まで？　あれもケイ博士なのでは？」

「ケイ博士ではない。十五歳の時にヴェルナー卿が作ったものだ」

「……私は考え違いをしていたようです」

「わかればよい」

そして、クラウスは側近たちをゆっくりと見回す。

「ヴェルナー卿を絶対に敵に回すわけにはいかない。それだけは忘れるな」

「御意《ぎょい》」

「とはいえ……今はヴェルナー卿の妹ルトリシア殿とティルが仲良くしていればそれでいい」

ルトリシアは辺境伯家の末娘。ヴェルナーの妹である。

そしてティルは皇帝の末子、つまり皇太子の末弟だ。

ルトリシアとティルは婚約を結んでいる。


「ですが、ティル殿下もルトリシア殿もまだ十歳。婚約と申しましても、おままごとのようなものです」

中年の男がそう言うが、皇太子は首を振る。

「おままごとはおままごとでも、極めて政治的なおままごとだ。そなたたちは二人が仲良くすることに腐心せよ」

「御意」

「ティルとルトリシア殿の婚姻は、辺境伯家と皇家の結びつきを深める以上の意味がある。ルトリシア殿をヴェルナー卿が可愛《かわい》がっているゆえな」

「婚姻が成れば、ヴェルナー卿が皇国を裏切ることはないと?」

「それだけでは足りぬ。ルトリシア殿が幸せである必要がある。ヴェルナー卿はそういう男だ。だから御しやすい」

するとクラウスの側にいた別の若い男が言う。

「殿下。ヴェルナー卿に裏切られるのが恐ろしいならば、いっそのこと亡き者にすればよろしいのではないでしょうか」

「なんと愚《おろ》かなことを言うのだ！　殿下の御前であるぞ！」

侍従長が叱《しか》るが、クラウスはそれを止める。

「我が前では、陛下への叛意《はんい》以外、それが何であっても口にしてよい。たとえ私への叛意であってもだ」

そう言ってクラウスは笑う。だが目は笑っていなかった。

「ただし、それを実行に移そうとしたときは、楽に死ねると思うでないぞ？　肝《きも》に銘《めい》じよ」

「御意」


緊張した様子の臣下たちに、クラウスは優しく説明する。

「ヴェルナー卿は、その作った魔道具が最大の脅威《きょうい》だと思われがちだ」

「違うのですか？」

「違う。最も恐ろしいのはヴェルナー卿本人だ」

そう言われても、納得できないようで、若い側近同士で顔を見合わせる。

ため息をつくと、クラウスは続ける。

「よいか？　ヴェルナー卿を殺そうとするなど、古竜《エンシェントドラゴン》の巣に強力な爆弾を放り込むようなものだ。それで古竜を殺せればよいが殺せなければ国が滅びる。つまり国を懸けた賭《か》け、それも非常に分の悪い賭けだ。しかも殺せたとしても我らが得るものは何もないのだ」

「……それほど、ヴェルナー卿は強いのですか？」

若い側近が尋ねると、クラウスは深く頷《うなず》く。

「人の域を超えている。そしてヴェルナー卿は現在我が国と皇家に友好的なのだ。あえて敵対するなど愚《ぐ》の骨頂《こっちょう》と言わざるを得ない」

「畏まりました。肝に銘じます」

臣下たちが、ヴェルナーに手を出す恐ろしさを理解したと考えて、クラウスは深く頷いた。

「シュトライト家の者たちはヴェルナー卿の製作物への関心が強いようだが……本当に恐ろしいのは卿自身だ」

「ローム子爵閣下はヴェルナー卿の魔道具作りを陰で支えられ、辺境伯閣下は作らせたくないと考えておられるようですが、殿下はどのようにお考えなのでしょう」

「どちらかというとローム子爵に近い。だが、私としては卿が魔道具を作ろうが作るまいが、どちらでもよいと考えている」

「ヴェルナー卿が味方でいてくだされば、でございますね」

「その通りだ。本来であれば、国の要職に迎えたいのだが……」

「何度か打診しておりますが断られております。勅命《ちょくめい》を出せば——」

勅命は皇帝の命令。貴族は絶対に従わなければならない。

もし勅命に逆らえば、文字通りの意味で首が飛ぶ。

「勅命はやめよ。他国に亡命されれば、元も子もない」

「御意」

「さりげなく、強制しない形で味方に引き込むよう腐心せよ」

「御意。ですが難しいとは思われます」

「けして急ぐな。……本当に賢者の学院の奴らは何を考えているのか」

せっかくヴェルナーが定職についていたというのに。

無職になったヴェルナーが、旅に出るとか移住するとか言いだしたらどうなるのか。

国にとって多大なる損失だ。


「当代の学院長は余程愚かなのでしょう」

若い男が言うと、クラウスは首を横に振る。

「愚者《ぐしゃ》が、賢者の学院の学院長まで上り詰められるものか」

そう言ってクラウスは少し考える。

「愚かではないはずの者が、愚かとしか思えない振る舞いをする。そこには何かある」

学院長の振る舞いは、賢者の学院の利益《りえき》にはならない。

そしてラインフェルデン皇国の国益にも反する。

「一見愚かな振る舞いは、学院長にのみ大きな益をもたらすのかもしれぬ」

「国益に相反する自身の益でございますか？」

「ああ。……学院長周辺を、よくよく調べてみよ」

「御意」


そして、クラウスは少し遠い目をした。

「……味方につなぎ止めるためならば、ヴェルナー卿に皇女を嫁がせるのもよいかもしれぬ」

「妹君を、でございますか？　ティル殿下とルトリシア殿の婚姻が決まっている以上、あまりにも辺境伯家と皇家の関係が深くなりすぎるのでは？」

侍従長がそう言うと、若い側近も頷いて続ける。

「他の貴族との関係もございますし、それに妹君は公爵家の公子と仲が良いとお聞きしておりますが……」

「皇族の婚姻に個人的な親密さなど微塵《みじん》も関係ない。とはいえ……、あいつはわがままゆえな」

王侯貴族の婚姻は非常に政治的なものだ。

個人の恋愛感情など、かけらも考慮されない。

「……妹が嫌がるのは構わぬのだが、そうなるとヴェルナー卿に断られるであろうな」

「はい、卿のご性格から考えまして、そうなるでしょう」

「そうか。もし必要ならば、我が娘を嫁がせる」

「皇孫女殿下を？　お言葉ですが、まだ五歳でございます」

「王侯貴族の婚姻において、年齢など大きな問題ではあるまい」

「それはそうでありましょうが……」

困惑する臣下たちにクラウスは微笑《ほほえ》みかける。

「ヴェルナー卿を味方につなぎ止めるためならば、我が愛娘《まなむすめ》を嫁がせてもよい。そのように私は思っている。皆もそのつもりで動いてくれ」

「御意」

「けして敵対せずに、強要せず。あくまでも友好的に働きかけよ」

そうして王宮におけるヴェルナー・シュトライト対策会議は終わったのだった。

◇◇◇◇◇

王宮で皇太子クラウスがヴェルナー対策会議をしていた、ちょうどその頃。

ラインフェルデン皇国王都の一角で、別の会議が開かれていた。

七人の者たちが険《けわ》しい顔を突き合わせている。

いや、七人というのは正確ではない。人族だけではないのだから。

彼らは「光の騎士団」を名乗る秘密結社の最高幹部たちだ。

「目障《めざわ》りなケイがいなくなった今がチャンスではあるのだが……」

「ケイには弟子がいるだろう？　あいつが邪魔だ」

「あの弟子はクビにした」

「仕事が早いな」

「ああ。こういう時のために、ゲラルド商会を通じて、学院長や魔道具学部長に金を握らせていたんだからな」

幹部たちは順調に計画が進んでいることに邪悪《じゃあく》な笑みを浮かべる。


光の騎士団は、非合法な秘密結社である。

だが、合法的な公然部門もしっかりと存在していた。

それは「神光教団」という名の急成長中の新興宗教である。

光の騎士団は、神光教団の秘密の最高指導部でもあるのだ。

その「神光教団」にはある予言があった。


『悪しき者たちが跳梁跋扈《ちょうりょうばっこ》し、この世界は戦乱や災害、疫病によって覆《おお》われる。

だが、心配してはいけない。

近いうちに神の光が世の中を包み、信者だけが救われるのだ』

その予言を実現させるため「光の騎士団」は、この世の中に戦乱を巻き起こそうとしていた。

その目的のためには、凶悪な魔物とも手を結ぶし、井戸に毒をまくことすらある。

非常に危険な集団だった。


「ケイ指導下の研究室にて開発中だった魔道具の全《すべ》ては、魔道具学部長が手に入れた」

「おお、これでケイの魔道具を、我らが手に入れられるのだな」

喜んでいる幹部の中で、一人だけが、ぽつりと言った。

「だが懸念《けねん》な点がある」

「何のことだ」

「近年、ケイは魔道具を作っていないらしいという話を聞いた」

「それはないだろう？　実際に八年前の戦争で使われた爆弾が……」

「作ったのが誰かはわからぬ。だがケイではないらしい。確度の高い情報だ」


幹部たちは静かになった。

静けさの中で幹部の一人がぼそりと呟く。

「私は爆弾の開発者のことを『隠者《いんじゃ》』と呼んでいる」

凄《すさ》まじい魔道具を開発しているのに、名前が表に出てこない。

ケイに近しいらしいことはわかっているが、正体が摑《つか》めない。

「ケイの弟子が作っていたという可能性はないか？」

「それはない。弟子はまだ二十歳。爆弾が作られたとき、十二歳の子供だぞ」

「そうだな。さすがにそれはあり得ぬか」

「ケイがどこに行ったかわからない以上、弟子を調べるしかなかろう」

「『隠者』に繋《つな》がる手がかりを手に入れるには、それしかないな」

そして光の騎士団の者たちは、会議を続ける。

「隠者」の正体を探るため、ヴェルナーの動きを見張る。

同時に、魔道具学部長の手によってケイ研究室の魔道具を完成させる。

その二つを同時に実行することにした。


「隠者を自由にさせている限り、神の光は訪れぬであろう」

光の騎士団の最高幹部たちは、隠者の正体を暴《あば》き、抹殺することに全力を尽くすことを決めた。

「神の光のために！」

「「神の光のために！」」

高らかに宣言されて、会議は終わった。

第三章　荒野の研究拠点

沈みかけた太陽がゆっくりと空を赤く染《そ》め始めた頃《ころ》。

人里から遠く離れた荒野を、一人の少女が足をもつれさせながら逃げていた。

少女を追っているのはドラゴン。

それも竜種の中でも強力な、成長したドラゴンである老竜《エルダードラゴン》だ。

夕焼けよりも真《ま》っ赤《か》な、深紅《しんく》の鱗《うろこ》を持つ老竜が少女を追う。


「なんで、なんでこんなところにドラゴンが……」

少女は必死に逃げる。

「夢、夢？　夢じゃない……よね」

悪夢ではないかという思いがよぎる。

だが、皮膚が痛いと誤認するほど強烈な老竜の魔力が、夢ではないと告《つ》げていた。

この辺りにはドラゴンなどいないはずだ。ましてや老竜などいるはずがない。

少女は懸命に逃げるが老竜の方が当然速い。

本気を出せば老竜は一瞬で少女を牙《きば》で捕《とら》えることができるだろう。

だが、狩りを楽しむかのように、獲物をいたぶるかのように、老竜は少女をじわじわと追い詰めていく。

「……こんなところで！　私は死ぬわけにはいかないの！」

相手が油断して戯《たわむ》れてくれるなら、好機はある。

少女の懐《ふところ》には切り札となる魔法爆弾があった。

少女の国の最高の魔導師《まどうし》が、その技術の粋《すい》を集めて作った魔道具である。

それならば、この強大な魔物も倒せるかもしれない。

「……この！　これでもくらえ！」

少女は逃げながら、老竜目がけて爆弾を投げつけた。そして地面に伏せる。

こぶし大のそれは綺麗《きれい》な放物線を描いて飛んでいく。

そして、その爆弾は老竜の頭を直撃した。

同時に凄《すさ》まじい衝撃とともに閃光《せんこう》が出て、衝撃波が走り、大きな音が響く。

「今のうちに……」

切り札である魔法爆弾の威力は恐ろしいものだった。

だが、相手は老竜。さすがに殺しきるのは難しいかもしれない。

それでも、あれほど凄まじい爆発《ばくはつ》が直撃しては無傷では済まないはずだ。

今のうちに逃げきらなければ。

伏せていた少女は、這《は》うようにして逃げ始める。

その少女の耳に、怒り狂った老竜の咆哮《ほうこう》が聞こえた。

「………GUOOOOOOOO！」

少女が老竜を見ると、どこにも傷がなかった。

「そ、そんな」

凄まじい衝撃と光と音は、老竜を一瞬驚かせただけだったようだ。

一瞬驚かせたのと引き換えに、少女は老竜を激怒させてしまった。

老竜は尻尾《しっぽ》を大きく振るう。

少女は躱《かわ》しきれない。

老竜の尻尾の先が少女の左肩をわずかにかすった。

直撃ではない。かすっただけだ。

だが、それだけで少女は大きく飛ばされて、地面に叩《たた》きつけられた。


「ぐぅ」

少女の意識が遠くなる。

薄れゆく意識の中、少女は興奮して近づいてくる巨大な老竜の姿を見た。

老竜に捕まれば、生きたまま食べられることになる。

それを想像して、少女は絶望に顔をゆがめた。

「だ、だれか……たすけて……」


ここは人里離れた荒野。

少女も誰《だれ》かに助けを求める声が届くとは思っていない。

それでも助けを求めずにはいられなかった。

巨大な老竜が、少女に食らいつこうとその口を大きく開ける。

「ひっ」

思わず少女は目をつぶる。

その直後、牙で貫かれむさぼり食われる……、はずだった。


だが、その瞬間は訪れなかった。

「GUAAAAA!」

かわりに老竜の驚いたような悲鳴が上がる。

「え?」

少女が目を開けると、

「……なんでこんなところに老竜がいるんだ?」

ボロボロの恰好《かっこう》をした謎《なぞ》の男が、老竜の鼻の辺りを素手《すで》で止めていた。

「な、なにが起こって……」

「GUAAAAAaaaa！」

怒り狂った老竜が咆哮しながら、口から熱い息を吐く。

その直後、熱い息に続いて火炎を吐き出した。

あらゆるものを燃やし尽くし、融《と》かし尽くすといわれている強力な竜の火炎が男を襲う。

男の全身が炎に包まれ、

「あぁ……」

少女は男が完全に死んだと思った。

だが、炎の中で男が右手を振るう。すると竜の火炎は一瞬で消え去った。

「どうした？　老竜。興奮しすぎだろう。発情期か？　いや、竜に発情期はないよな」

なんだか、よくわからないことをブツブツ言いながら、男は竜の頭に手を触れる。

「……ふむ。魔道具で老竜を操《あやつ》っているのか。技術は凄《すご》いが……。碌《ろく》でもないことをするものだ」

男がそう言った直後、老竜の頭付近から「ピシッ」という音が鳴った。

砕けた何かがキラキラと周囲を漂う。

「guo?」

老竜がきょとんとした様子で首をかしげた。

「大丈夫か？　記憶はあるか？」

「gyuo」

「そうか。何を言ってるのかはわからんが、落ち着いたのならよかったよ」

「ｇｕｕ」

老竜は助けられたと思ったのか、ボロボロの恰好をした男に頭をこすりつける。

それだけでは感謝の表明に足りないと思ったのか、ベロベロと男の全身を服の上から舐《な》めた。

「よしよし。巣に帰りなさい」

「ｇｕｒｕｕ」

老竜はしばらく男に甘えた後、飛び立つ。

「もう、悪い奴《やつ》に捕まるなよ！」

「ＧＵＲＵＵ!!」

お礼を言うかのように元気に鳴くと、老竜はどこかに去っていった。

「いったい……なにが……」

少女はその一連の出来事を呆然《ぼうぜん》として見つめていた。

◇◇◇◇◇

王都から離れた荒野の拠点に引っ越してから一週間。

俺《おれ》はひきこもって研究を続けていた。

「……やはり難しいな」

つい独り言を呟《つぶや》いてしまう。

作りたいのは結界を展開できる魔道具である。

弱い結界では意味がない。

鉱山用爆弾の爆風にすら耐えられる結界でなければならないのだ。

ついでに泥棒も侵入できなくしたい。

真夜中まで研究することもあると考えるなら、防音防振機能も必須だろう。

王都で暮らすならば、近隣住民への配慮は大切なのだ。

それら複数の機能を取り付けて、しかもオンオフできるようにしなければならない。

どれも単一ならばそう難しくないのだが、全部まとめてとなると、とても難しい。


「だが、完成までの道筋は見えた」

俺は水をゴクリと飲むと、乾燥《かんそう》パンを口に放り込む。

相変わらず美味《おい》しくはない。

「今回は長期的な開発になるし……。きちんと寝ないと……」

俺は研究の手を止めて、ベッドに倒れ込む。

それとほぼ同時に、外から大きな爆発の音がした。

「……強盗か何かか?」

寝ている場合ではない。
地下にある研究室の中で戦うのは避けたい。
やっと完成までの道筋がみえたところなのだ。
成果物を盗まれたり壊されたりしたら困る。

だから、俺は地下室から外に出た。
夕暮れ時だ。久しぶりに太陽光を浴びた気がする。
「って、そんな場合じゃないな」
目の前にはこの辺りにはいないはずの大きな老竜がいた。
しかも老竜は非常に興奮していて、人間の少女に襲いかかろうとしている。
老竜もそうだが、人もこの辺りにはいないはずなのだ。

事態が飲み込めないが、とりあえず少女を助けるために俺は動く。
噛《か》み付《つ》こうとする老竜の顎《あご》を押さえつけた。
「……なんでこんなところに老竜がいるんだ？」
そう少女に尋ねたのだが、少女はただガクガク震えていた。
話せるような状況ではなさそうだ。
とりあえず、老竜をなんとかしてから考えよう。

そう俺は考えたのだった。

……

…………

……

老竜が飛び去った後、俺はあっけにとられていた少女に目をやる。

「いったい……なにが……」

独り言のように呟いた後、少女ははっとした。

そして深々《ふかぶか》と頭を下げた。

「どなたか、存じませぬが、助けてくださってありがとうございます！　私はロッテという者です」

ロッテと名乗った少女はみすぼらしい恰好をしていた。

恰好については俺も人のことは言えないのだが。

顔も髪も泥だらけに汚《よご》れていた。

むしろよくここまで汚したなと言いたくなるほどだ。

もっとも、汚れ具合についても、俺も人のことは言えないのだが。

全《すべ》てが汚れているが、緑色の綺麗な瞳《ひとみ》が目を引く。

加えて、服装もボロボロではあるが、生地《きじ》自体は安物ではない。

高価な服を敢《あ》えてボロボロにした、まるでそんな感じだ。

「……そうか。俺はヴェルナーだ。ロッテはここで何をしていたんだ？」

「私は王都近くに住んでいる方に会いに来たのですが、道に迷い……」

ここは道に迷って来るようなところではない。

そういう場所だからケイ師匠が拠点を作ったのだ。

街道からもかなり離れている。

よほど方向音痴でなければ、こんなところに来るわけがない。

ロッテがものすごい方向音痴なのか、それとも別の理由があってここにいるのか。

少し気になったが、それは俺には関係のないことだ。


「そうか。迷ったのか。で、あの老竜はなんだ？」

「わかりません」

「そうか。わからないか」

「はい。歩いていたら突然襲われまして……」


普通に考えたら、そんなわけはない。

老竜がこんなところを飛んでいるわけがないし、そもそも老竜は、こちらから手出ししないかぎり人を襲わない。

それに、老竜には謎の魔道具が取り付けられて操られていた。

何か、ロッテには事情があるのだろう。

とはいえ、それも俺には関係のないことだ。


「そうか。ロッテはこのまま王都に向かうのか？　徒歩で五時間ぐらいかかるが……」

俺は西の空を見る。

太陽が完全に沈みきっていた。赤かった夜空が、どんどん黒へと変わっていく。

歩いて行くのならば、仕方ないので送ってやらねばなるまい。

荒野を、それも夜道を一人で歩かせるのは危険すぎる。

それも俺には関係ないことではある。

だとしても、少女が王都に行く途中で死んだら寝覚めが悪い。


「もし、王都に向かうなら――」

「……あの！　ヴェルナーさん！」

意を決したようにロッテが言う。

「どうした？」

「このあたりにケイ博士の家があるとお聞きしたのですが、何かご存じではありませんか？」

師匠の名前を出されて、俺は一瞬固まった。

なんて答えようか、少し迷う。

師匠のことを隠してやる理由はこれといってない。

とはいえ、説明する前に、一応事情を聞いておくべきだろう。

「……ケイ博士に何の用があるんだ？」

「……ええっと」

ロッテは少しためらう。

ロッテにも何か話せない事情があるのかもしれない。

「まあ、話せないならそれでいい。俺も話さない」

「いえ！　隠すようなことではなく、私はケイ博士に弟子《でし》入りしたいのです」

師匠は非常に高名な魔導師だ。弟子入り志願は珍しくはない。

だが、隠れ家の場所の一つを知っているのは非常に珍しい。

「そうか。弟子入りか。どこでこの場所を知った？」

「賢者の学院のケイ博士に、弟子入りを許《ゆる》していただけるようお手紙を出したのですが、返事でこちらに来るようにと言われまして」

「……それは本当にケイ博士からの手紙だったのか？」

「これがその手紙なのですが」

ロッテはマントの内側から手紙を出した。

それを受け取って、俺は目を通す。

確かに、そこに書かれていたのは師匠の字に見えた。

荒野に来て、大魔導師を見つけるようにとだけ書かれていた。

自分のことを大魔導師と名乗るなど、本当に師匠らしい。

「……だが、何がしたいのか本当にわからん」


師匠が弟子入り志願者に返事を出すことなどまずない。

自分はどこかの辺境にある温泉付き別荘にひきこもっているくせに。

弟子を取る気など皆無《かいむ》のくせに。

師匠が何を考えているのか本当にわからない。


「事情はわかった。確かにここはケイ博士の拠点の一つだ」

「そうなのですね！」

ロッテは目を輝かせる。

「喜ぶのはまだ早い。ケイ博士はここにはいない」

「え？　どこにおられるのでしょう？」

「それは俺も知らない。腰が痛いと言い出して、どこか遠くの温泉に行った」

「……そ、そんな」


ロッテはその事実がショックだったようで、ガクリとひざを地面についた。

それを見ているとかわいそうになった。

師匠もひどいことをするものだ。

弟子にする気がないのは構わない。

ならば、返事など出さずに無視すればいい。

もしも返事を出すなら、きっぱり断るべきなのだ。


「まったく。……だがケイ博士の後任の立派な先生が、王都にある賢者の学院にいるから安心してくれ」

学院長と魔道具学部長はクズだが、それ以外の教員には立派な人がいる。

師匠の後任は、政治力はないが、学術業績的にとても優れた教授だったはずだ。

「…………はい。ありがとうございます。賢者の学院に向かうことにいたします」

そう言って、ロッテはとぼとぼと歩き始める。

だが、明らかに右足を引きずっていた。

老竜から逃げる際に怪我《けが》をしたのだろう。

「まあ、待ちなさい。今から王都に向かうつもりか？」

「……はい」

「危ないぞ。右足を怪我した状態で無事王都にたどり着けるかどうか。それに日没と同時に王都の門は全て閉じられるから入れない」

「……王都近くで野宿します」

元気のないロッテはそんなことを言う。

だが、王都の中はともかく、その周辺は危険だ。

閉め出された者を狙《ねら》う野盗もいる。

「仕方がない。今晩はここで眠っていくといい」

「え？　よろしいのですか？　といいますか、ヴェルナーさんは一体、ケイ博士とどのような」

「ケイ博士が賢者の学院の教授だった頃、俺は学院の学生だったんだ。その頃に研究を手伝わせてもらった縁で、拠点を好きに使っていいと言われている」


ケイ博士の弟子だと名乗ると色々面倒そうなので、嘘《うそ》ではない程度にごまかしておく。

弟子というのは、ただの学生とはかなり違う。

昔ながらの魔導師教育法で、指導されるのが弟子である。

公私ともに世話になり、色々雑用《ざつよう》を命じられたりしながら、魔導師のいろはを一から学ぶ。

学生としては大変だが、魔導の奥義《おうぎ》を直接、そして深く学べるという利点がある。

それを体系的にして、カリキュラムを組み、師匠が変わっても一定の教育を施《ほどこ》せるようにしたのが賢者の学院のシステムである。

とはいえ、素質を見込んだ学生を、昔ながらの弟子とする教授は少なくない。

奥義を深く教えるには弟子にしたほうが効率的だからだ。

学生が、教授の弟子になった場合、学生であり弟子という状態になる。

俺も昔はその学院の学生兼弟子だったので、ロッテに言ったことは嘘ではないのだ。


「そうだったのですね。賢者の学院の卒業生の方だったとは」

「ロッテが賢者の学院に入学すれば、後輩だな」

そんなことを言いながら、俺はロッテを地下に作られた拠点へと案内する。

「汚いが野宿よりはましだろう。寝るとき座るときはベッドを使え。部屋全体が乱雑に見えるだろうが、一応全ての配置に意味がある。基本的に何も触れるな。危ないものもある」

「あ、はい、ありがとうございます」

疲れていたのか、ロッテはベッドに腰掛ける。

「ロッテ、お腹《なか》は空いているか？　これでも食べなさい」

俺はロッテに乾燥パンと水を手渡した。

「ありがとうございます。何から何まで……」

「偶然とはいえ、知り合ってしまったからな」

ロッテは乾燥パンをもそもそと食べる。

やはりあまり美味しくないのか、飲み込むのに苦労していた。


俺は長椅子《ながいす》に座る。

「最初、ヴェルナーさんが、ケイ博士だと思いました」

「……そんな馬鹿《ばか》な」

俺とケイ博士は全然見た目が違う。

ケイ博士はエルフだし、なによりとても偉そうで強そうだ。

「老竜を軽くいなすなど、普通の人にはできませんから」

「そういえば、ケイ博士は人前に姿を現すのを極度に嫌っていたからな。姿が知られていない以上、勘違いされても仕方ないのかも」

俺はひきこもり気質だが、師匠も似たようなものなのだ。

「はい。ケイ博士は謎の多い人物ですから」

学院の教授であった頃から、ケイ博士は滅多《めった》に人前に出なかった。

授業もテキストを配るだけ。課題を出すときも対面ではなく魔法で送っていた。

学生だけでなく、教職員でもケイ博士に会ったことがない者の方が多いぐらいだ。

「さて、ロッテ。右足を見せなさい」

「……はい」

ロッテは少し怯《おび》えた様子を見せたが、素直に右足首を見せてくれた。

「恐らく捻挫《ねんざ》だな」

湿布《しっぷ》を貼《は》ってから包帯を巻く。

「しばらくは動かさないように」

「ありがとうございます」

しばらく経《た》って、ロッテはベッドで眠りについた。

俺も疲れていたので、長椅子で眠った。


次の日の朝。

夜明けとともに起きて、俺とロッテは王都に向かう。

ロッテは右足を怪我しているので、俺が背負った。

「いろいろと本当に……ありがとうございます」

「気にするな」

怪我した子供を荒野に放り出すのは寝覚めが悪い。

だからといって、怪我が治るまで拠点に居着かれたら迷惑なかぎりだ。

俺は一人で研究がしたいのだから。

「今が冬でよかったよ」

「どうしてですか？」

「夏なら暑かっただろうからな」

今は冬。

だからこそ、ロッテを背負っても暑くない。むしろ寒くなくて助かるぐらいだ。

俺はロッテを背負ってもくもくと歩く。

ずっとひきこもっていたので、長い距離を歩くのは久しぶりな気がする。

「あの、大丈夫ですか？　私重くないですか？」

ロッテはきっと平均より軽いのだろうが、人一人背負うのだ。

重くないわけがない。

だが、それを正直に言うのは失礼だろう。

「大丈夫だ。重くはない。それに運動不足だったからちょうどいいよ」

「ありがとうございます。このご恩は必ず……」

「子供がそんなことを気にしなくていい」

ロッテとの会話も最小限に、俺は五時間ひたすら歩いた。

王都の門前に到着したのは昼頃だった。

日が昇っているので、門はきちんと開いている。

俺がロッテを背負ったまま、門をくぐろうとすると、

「おい！　待て！」

衛兵に声をかけられた。

「どうしました？」

「怪《あや》しい奴だな、身分証を出せ！」


俺は身分証が必要なことを、完全に忘れていた。

いつも辺境伯家の馬車で出入りしているので、チェックされたことがなかったのだ。

「身分証。……いま持っていたかな」

拠点に戻れば確実にあるのだが、片道五時間もかけて取りに戻るのはとてもしんどい。

「持ってないなら立ち去れ！」

衛兵たちの態度はでかい。

とはいえ、犯罪者が中に入らないように頑張《がんば》っているのだ。

多少は態度が大きくなるのも致し方ないだろう。

そして身分証を提示させるのも、合法なので仕方がない。

俺はもぞもぞとポケットの中を探る。

もしかしたら、持っていたかもしれないからだ。

「おい！　怪しい動きをするな！　両手を上げろ！」

武器を取り出そうとしていると思われたのかもしれない。

犯罪者を相手にすることも多い衛兵だから、警戒するのも仕方のないことだ。

「そんなこと言われても身分証を……」

「うるさい、お前のような奴が身分証を持っているわけないだろうが！」

「えぇ……何を根拠に」

衛兵がとんでもないことを言い始めた。

だが、ギリギリ合法なので仕方がない。

身分証を提示してこんな態度をとられたのならまだしも、実際提示できていないのだ。

「お前のような、ボロボロの服を着て、しかも臭《くさ》い奴など、まともな民のはずがなかろうが！」

「く、臭い？」

臭いと言われて少しショックだった。

ショックを受けている俺に追い打ちをかけるように、

「そうだそうだ！　どこからか逃げてきた奴隷か犯罪者だろうが！　牢《ろう》にぶち込まれないだけでもありがたく思え！」

もう一人の衛兵も、同僚に同調する。

「いえ、私は……」

「だまれ、帰れ帰れ！」

とりつく島もない。

だが、衛兵の対応はあくまで合法の範囲なので仕方がない。

俺が貴族であるからこそ、態度がでかいという理由で腹を立てるのは厳に慎《つつし》むべきことなのだ。

俺は門から少し離れるとロッテを下ろす。

「ロッテ、身分証はあるか？」

「はい。一応ありますが……」

「なら、ロッテだけ入れてもらえ」

「そんな！　ヴェルナーさんは……」

「俺は大丈夫。王都に用はないからな」

王都の中に入っても面倒があるだけだ。

元々、賢者の学院までロッテを送ったら、すぐに帰るつもりだった。

「ロッテこそ、一人で大丈夫か？」

「はい。それは大丈夫ですが……。ヴェルナーさんも入れてもらえるよう、衛兵には私が言います！」

「俺のことは気にするな。ロッテだけ入れてもらえ」

「そんな」

どうやらロッテは俺を放置して王都に入ることに抵抗があるようだ。

「……ここだけの話。俺は犯罪者でも逃亡奴隷でもないが、王都に会いたくない奴がいるのも確かなんだ」

あの姉でさえも、会ったら少し面倒ではあるのだ。

それに妹の婚約者であるティル皇子に会えば、一日中話し相手をさせられかねない。

ティル皇子はなぜか俺のことを慕《した》ってくれているのだ。

「だから元々、俺は王都には入らず、帰るつもりだったんだよ」

「……そうだったのですね」

そして、ロッテは深々と頭を下げる。

「本当にありがとうございました。近いうちに改めてお礼を……」

「気にするな。それより臭くて悪かったな」

衛兵に臭いと言われた俺に、ロッテは五時間も背負われていたのだ。

「いえ！　全然臭くなかったです！」

俺に気を遣って、そんなことを言ってくれる。

ロッテはとても優しい子のようだった。

「ロッテ、気をつけてな」

「ありがとうございます。おかげで足もあまり痛くなくなりました」

そう言うと、ロッテは改めて頭を下げて、ゆっくりと門へと歩いていく。

俺に心配させないようにするためか、自然に歩こうとしている。

だが、わずかに右足の動きがおかしい。まだ痛いのだろう。

俺はロッテが心配で様子を窺《うかが》う。

もし、ロッテも門前払いされてしまったら、実家の力を使うのもやぶさかではない。

「待て待て！　さっきの話を聞いてなかったのか！　身分証がなければ……」

「身分証ならあります」

そう言ってロッテは素早く手のひらサイズのカードを取りだした。

「ふん？　……しっ、失礼いたしました！　おい！　はやく局長を呼んでこい」

「え？　なんで局長を？」

ロッテの身分証を見た瞬間、衛兵の態度が急変した。

「いいから急げ！　失礼いたしました。あ、お怪我をされているご様子。すぐに治癒《ちゆ》術師を……」

「いえ、大丈夫です。私は賢者の学院に用があるだけなので……」

「あなたさまをこのまま通したら私どもの首が飛んでしまいます！」

随分と大げさな物言いだ。

もしかしたらロッテは大貴族の令嬢だったのかもしれない。

この様子ならば、ロッテは丁重に扱われ、賢者の学院にも連れていってもらえるだろう。

「いえ、それよりも、先ほどのヴェルナーさんへの態度を謝って――」

どうやらロッテは俺に対して謝罪させようとしているらしい。

俺は面倒なことに巻き込まれるのを避けるため、素早く静かにその場を離れて帰路についたのだった。

◇◇◇◇◇

賢者の学院。その魔道具学部長の研究室を、学院長が訪れていた。

魔道具学部長の助手たちは人払いされているので二人きりだ。

「魔道具の完成は、まだなのかね？」

「……少し手こずっております」

ヴェルナーの研究室にあった開発途中の魔道具。

研究の過程を書いたノート。魔道具の設計図。

それら全てが広い魔道具学部長の研究室に持ち込まれていた。

「……さすがに時間がかかりすぎなのではないか？」

「そう言われましても、魔道具の開発には時間がかかるものですから」

魔道具学部長は、魔道具開発の何たるかを理解していない学院長に苛立《いらだ》っていた。

「だがねぇ。あのシュトライトは一週間もあれば完成させていたがな」

「…………魔道具の種類によるんです」

「そういうものか。だが、商人が早く出せとせっついてきている。なんでもいいから早く魔道具を完成させるように」

学院長の言う商人とは、ゲラルド商会の商会長のことだ。

ヴェルナーがクビになった日に家を借りにいこうとして、追い出されたのがゲラルド商会である。

学院長と魔道具学部長は、ゲラルド商会から公《おおやけ》にできない接待を受けているし借金もしている。

だから学院長も魔道具学部長も、ゲラルド商会には頭が上がらないのだ。

「……わかっていますよ、すぐにできますから」

「そうか、本当に頼むよ」

のんきな学院長は、研究室から出ていく。


「クソが！」

一人になった魔道具学部長は声を荒らげ、たまたま手に持っていた金属の欠片《かけら》を壁に投げつけた。

あの学院長は、ヴェルナーの残したものの解析がいかに難しいのか理解していないのだ。

なんだ、この理論は。

文字は読める。単語も理解できる。だが内容がわからない。

魔道具学部長も、魔道具学の権威とすら言われた男だ。

ヴェルナーがほんの子供の頃から世界でも有数の魔道具学者と称《たた》えられてきたのだ。

だからこそ、研究ノートと開発途中の魔道具があれば、簡単に完成させられると思っていた。

「これは何が書いてあるんだ。そもそも何をする魔道具だ？」

一週間以上かけて、研究ノート一ページの解読も進んでいない。

魔道具学部長の指導下にある院生や助教たち、准教授を総動員してもそうなのだ。

「……そうだ!」

魔道具学部長は名案を思いついた。

魔道具学部の学生でもある、ヴェルナーの教え子を呼び出すことにしたのだ。


……

…………

……


やって来た学生三人、全員の機嫌は悪そうだった
「もう卒業研究も終わっているんですけど、何か用ですか?」

学生たちは、ふてぶてしい目を魔道具学部長に向けた。

魔道具学部長は忘れていた。

八年ほど前。彼らの入学当初、なんとなく顔が気に食わなかったので、いじめ抜いたことを。

そのせいで心を病《や》み、留年して放校されかかったところをヴェルナーが指導し、卒業まで面倒をみたのだ。

「おお、よく来たな。少し開発を進めないといけない魔道具があってだな。手伝ってくれないか?」

「……それをして、俺たちに何かメリットあるんですか?」

学生のくせに生意気《なまいき》だと、魔道具学部長は思った。

だが、困っているのは自分である。

ぶちキレそうになるのを我慢《がまん》して、笑顔で言う。

「もちろんだとも。学部長名で推薦状を書こう。学院長にも推薦状を書いてもらおうじゃないか」

「もう、就職決まってるんですけどね」

「ならば、アルバイト代を払おうじゃないか」

「……はぁ。仕方ないっすね。で、どれっすか？」

学生たちの態度は極《きわ》めて悪い。

だが、いつも、誰に対しても態度が悪いわけではない。

ヴェルナー相手には敬語で話すし、口答えも全《まった》くしない。

それは彼らがヴェルナーのことを尊敬しているからだ。

それに他の教員たちにも、基本的に敬語を使って礼儀正しくふるまっている。

自分たちをいじめ抜いた魔道具学部長に対する態度が悪いだけだ。

魔道具学部長は無礼な学生たちへの怒りを何とか抑えて、笑顔で言う。

「……これなのだが」

「これですか。シュトライト先生が、開発されていた魔道具ですね」

そう言って、学生たちは魔道具学部長を睨《にら》みつけた。

すでに、ヴェルナーが学院長と魔道具学部長によってクビにされたことは学院中に知られている。

そして、その理由はねたみだと、学院中の噂《うわさ》になっていた。

だからこそ、魔道具学部長に対して、学生たちは怒っていたのだ。

魔道具学部長は学生たちが怒っていることにも気付かない。

だから笑顔で言う。

「ああ。シュトライト君は退任する際に引き継ぎもせず、完成もさせずに放置していってね。納品予定の業者さんがとても困っているんだ」

「学部長が完成させればいいじゃないっすか?」

それができたら苦労しない。

魔道具学部長はそう怒鳴《どな》り散らしそうになるが必死に我慢する。

「……私は忙《いそが》しくてね」

「そうっすか」

ヴェルナーの学生たちは、研究ノートを読んで、開発途中の魔道具を見る。

そして、ヴェルナーが作ろうとしていたものをたちまち理解した。

ヴェルナーの研究ノートはとても分かりやすく、未完の魔道具も実に丁寧《ていねい》に作られていた。

ここまでできていれば、三日もあれば学生たちだけでも完成させられるだろう。

「……これは」

「そうだな。こうなって……」

「ああ、実に効率的だな。さすがはシュトライト先生だ」

そんなことを学生たちは囁《ささや》き合っている。

どうやら、学生たちには理解できるらしいと知って魔道具学部長は喜んだ。

「どうだね。いつごろ完成させられそうかね？」

魔道具学部長が笑顔で尋ねると、学生たちは急に真顔になって言った。

「……さっぱりわかりませんね」

「……難しすぎますね。俺ら劣等生には理解不能だな」

「ああ。学部長のとこの優秀な学生に任せたらいいんじゃないっすか？」

そう言われて魔道具学部長の顔が引きつる。

「な！　そんなことないだろう？　優秀な君たちなら完成させられるはずだ」

「優秀？　冗談だろ？　俺たちの成績は卒業ギリギリですよ？」

「ああ、散々出来損《できそこ》ないだの、学院の恥《はじ》だのと罵《ののし》っておいて、よくそんなことが言えるな」

「何のことだ？」

かつていじめたことを完全に忘れている魔道具学部長はきょとんとする。

「まあ、いいっすけどね。とにかく。この魔道具は俺たちの手には負えねーわ」

「ああ、いくらもらっても無理だな」

学生たちは、そう言って、馬鹿にした目で魔道具学部長を見る。

それで魔道具学部長は、ついにキレた。

「貴様ら……卒業を取り消されてもいいのか？」

「はあ？　自分が何言ってるのかわかってんのか？　卒業審査はとうに終わって成績は確定しているんだよ」

「学部長である私に向かってなんて口の利《き》き方だ！　私と学院長が組めば卒業取り消しなど簡単なことだ」

そう言うと、学生の一人が大きくため息をついた。

「卒業取り消しなどしたら、次に会うのは法廷になりますよ？」

「私を脅《おど》すのか？」

「脅しだと思ってるのか？　大審院判事の息子であるこの俺が、法曹界《ほうそうかい》のお偉方と懇意《こんい》にしているこの俺が、脅しで法廷で会おうなどと言うと思うのか？」

「……なっ」

魔道具学部長は絶句する。

大審院は、最上級の裁判所である。

そこの判事ともなれば司法の分野では相当に偉い。

別の学生も言う。

「学部長ってのはとても偉いよ、確かにな。だが、学院の外ではもっと偉い奴はたくさんいる」

「ああ、親の地位を利用するってのは気に食わないからやらなかったが……いざとなれば俺たちはもう何でも使う。ちなみに俺の父親は公爵だし、こいつの親父は財務卿《ざいむきょう》だ。知らなかっただろ？」

「…………」

本当に知らなかったので、魔道具学部長は言葉を失った。

公爵といえば、上級貴族の中の上級貴族。全員が広大な領地を持ち、宮廷でも大きな影響力を持つ。そして財務卿は言うまでもなく、国家予算、それこそ学院の予算にも大きな裁量を持つ国政の重鎮《じゅうちん》だ。


「親の権力を使うのはよくないと思って、ずっと我慢してきた。だがな……」

「ああ。シュトライト先生から、自分より強い奴から理不尽なことをされた時は、親の力を使っていいって教わったんだ。だから容赦なく使うぞ」

余計なことを教えやがって。

魔道具学部長はそう思ったが、口には出さなかった。

「ということで、俺たちの就職先に圧力をかけようとしても無駄《むだ》だからな」

「ああ、せいぜい必死になって、シュトライト先生から取り上げた未完成の魔道具を完成させせろ」

学生たちに居直られて、魔道具学部長は顔を真っ赤にして怒っていた。

だが、学生たちの親の身分を知った以上、八年前のように殴りつけることもできなかった。

「お前ら……お前ら……」

「シュトライト先生に頼めばいいんじゃないか？　先生なら一日もあれば完成させるだろ」

「ああ、土下座して頼めよ。無能すぎる私たちには先生の研究は理解できませんでしたってな」

「ぐ。ぐぐぎぃぃ……」

魔道具学部長はまともにしゃべれないほどに怒っていた。

だが、保身の意識もある。

保護者がとても偉いことを知ったので、ぐっとこらえて、学生たちが立ち去るのを何もせずに見送ったのだった。

第四章 古竜の幼竜

ロッテを送り届けたあと、俺《おれ》は王都から拠点にゆっくりと歩いて帰る。
俺は必要がなければ、基本的に外に出ない。
とはいえ、外に出ること自体は好きではないが、嫌いというほどでもない。
嫌なのは人と会うことだ。
天気のいい冬の午後を、のんびりと歩く。
誰《だれ》にも会わない散歩というのはいいものである。
俺は冬の冷たい空気を肺一杯に吸い込みながら、散歩がてら帰宅したのだった。

五時間かけて拠点へと戻ると、その頃《ころ》には夕方になっていた。
衛兵に臭《くさ》いと言われたのが気になっていたので風呂《ふろ》に入る。
時間をかけて冷えた身体《からだ》をゆっくりと温めた。
そして、一人で乾燥《かんそう》パンをもそもそ食べた。
相変わらず美味《おい》しくない。
そういえば、ロッテと出会った昨日の夜から今まで、研究のことを考えていなかった。

おかげで頭がすっきりしたような気がする。

風呂にゆっくり浸《つ》かるのも気持ちがよかった。

風呂の中で、いいアイデアも浮かんだ。

「たまには休むのも効果的かもしれないな。これからは休むことも考えよう」

食事の後、数時間ほど強力な結界作りについて研究を少し進め、眠りについた。

休むことの重要性を理解したので、いつものように徹夜することはやめたのだ。


…………

……


真夜中、俺はコンコンという音で目を覚ました。

何者かが扉を叩《たた》いているらしい。

その音は弱々しく、風で何かが揺れて、扉に当たっているのではと思ったほどだ。

「……来客か？」

俺は扉にゆっくりと向かう。

近づくと、扉が叩かれているということがはっきりとわかった。

「……こんな時間に、何の用だ？」

そう呼びかけると、扉を叩く音が一瞬やむ。

静かになった。

この拠点に俺がいることを知っているのは、姉とロッテだけだ。

そして、二人ともこんな真夜中に来るはずがない。

「用がないなら、俺は寝るが」

「……あけて、……あけて」

囁《ささや》くような声が聞こえる。

扉の向こうだからよく聞こえないが、女の声だ。

「ロッテか？」

「………………」

扉の向こうからは返事はない。


衛兵に丁重に扱われているようだったが、その後に何かあったのかもしれない。

それで逃げてきたのなら、保護しなければなるまい。

もしかしたら、身分証が偽物《にせもの》で、それがばれて逃亡してきたのかもしれない。

よく考えたら、ロッテはボロボロの恰好《かっこう》をしていた。

あんなボロボロの服を着た上級貴族などいるわけがないのだ。俺以外に。

「まあ、いい。今開ける」

もちろん、俺は警戒を怠《おこた》らない。

強盗団だったら困る。

爆弾にも攻撃魔法にも対処できるように心構えをしながら、扉を開けた。


「……誰だ？　というか、一体どうした？」

扉を開けると、そこには真《ま》っ赤《か》な鱗《うろこ》を持つ竜がいた。

誰だと聞いてしまったが、よく見たらわかる。

昨日、ロッテを襲っていた老竜《エルダードラゴン》だ。

「……わらわは昨日助けていただいた竜なのじゃ」

「…………………」

「昨日、助けていただいた竜なのじゃ」

「いや聞こえなかったわけじゃないし、それは見たらわかる」

なぜ昨日の竜がやってきたのか。

それが問題だ。


「ロッテを襲っていたあの老竜が、何の用だ？」

「……主《ぬし》さまの言葉とはいえ、看過できないのじゃ。わらわは老竜ではないのじゃ」

竜は自分のことを老竜ではないという。

老竜というのは竜の種族を表す言葉ではない。

成長具合を表す言葉だ。

産まれてから数百年しか経《た》っていない竜は幼竜と呼ばれる。

そして、充分に成長し一人前となると成竜だ。

成竜が、さらに千年以上を過ごし強大になると老竜と呼ばれるのだ。

老竜は竜の中でも特に強大。生きる災害とも呼ばれるほどだ。

そして、目の前の竜は、明らかに老竜級に強い。

いや、老竜の中でもかなり強い部類だろう。


「俺は主ではない。それはともかく老竜じゃなければ何なんだ？」

「わらわは古竜《エンシェントドラゴン》。わらわに比べたら他の一般竜種などトカゲに羽が生えたようなものじゃ」

そう言って竜は胸を張った。


古竜とは成長具合を表す言葉ではなく、種族名である。

それも、生物というよりも精霊や神に近いとすら言われている種族だ。

実際、古竜を神として崇《あが》めている地域もあるほどだ。

万年を生きた老竜が、古竜と誤解されることもあるにはある。

だが、基本的に、古竜は産まれたときから、他の竜とは違うのだ。


「古竜のわりには……」

俺はそこで言いよどんだ。

古竜のわりには「弱くないか？」とか「小さくないか？」と言いかけたのだ。

さすがにそれは失礼が過ぎる。

途中でやめたというのに、竜は俺が言おうとしたことがわかったらしい。

慌てて弁解を始める。

「わ、わらわは、古竜とはいえ、幼竜じゃから……。でも！　わらわは古竜！　幼竜でも一般竜種の老竜にも負けないのじゃ！」

「確かに老竜ぐらい大きかったし、並みの老竜以上に強かったな」

「であろー」

竜はどや顔で、尻尾《しっぽ》をゆっくりと揺らした。

「そうか。古竜だったのか」

「そうなのじゃ！」

「わざわざお礼を言いに来るとは義理堅い竜なんだな」

「そうなのじゃ！　ありがとうなのじゃ」

「これはこれはご丁寧《ていねい》にどうも。本当にお気になさらないでください」

「そういうわけにはいかぬのじゃ！　わらわは……恩返しをしに来たのじゃ。一生仕《つか》えるのじゃ！」

古竜がとんでもないことを言い出した。

こんなに大きな古竜にずっと付いてこられたら、とても大変で面倒なことになる。

「そんなそんな！　立派な古竜さまに仕えていただくなんて、とんでもないことです」

主さまとか呼ばれ、仕えるとか言われ始めたので、俺は敢《あ》えて古竜さまと呼んでバランスを取ることにした。

「そなたにはその資格があるのじゃ！　そもそも、古竜は一対一で人に負けたら仕えることになっているのじゃ」

そんな風習があるとは知らなかった。

「いえいえ！　本当にそんなことは必要ないので！　魔道具を取り外しただけで、私は古竜さまに勝ったわけではないので！」

「いや、あれは勝ったと言っていいのじゃ」

「いやいや、私はしがない魔道具の開発者にすぎず、だからたまたま取り外すことができただけなのであって……」

「そんなそんな、わらわの渾身《こんしん》の攻撃を片手で軽く防いで、勝っていないなどと……」

本当に俺は大したことをしていないのだ。

ロッテが襲われていたから竜を操っていた魔道具を壊した。

端的に言えばそれだけである。

別にお礼を言われたり、ましてや恩返ししてもらう必要はない。

だが、竜は義理堅いようで、恩返しがどうしてもしたいようだった。

話は平行線のままだ。

きりがないので、俺は少し強引に切り上げることにした。

「いや本当に大丈夫ですので。わざわざありがとうございました。……では夜も遅いので」

眠かったので、俺は丁寧に頭を下げると、扉を閉めた。

義理堅い竜もいたものだ。

竜の知り合いはほとんどいないので一般的な竜というものがわからない。

もしかしたら竜は人よりも義理堅い種族なのかもしれない。

そんなことを考えながら、ベッドに入った。


「入れてほしいのじゃー。入れてほしいのじゃー」

扉の外から竜の小さな声が聞こえてくる。

竜なのだから飛んで帰ればいいのに、帰る気はないらしい。

「……もう、仕方ないな」

俺は扉を開けると、

「入れてほしいって言われても、そんなに大きかったら無理だろ。人族の部屋は小さいんだ」

「小さかったら入っていいのじゃな！」

竜はそう言うと、しゅるしゅるっと小さくなった。

大きめの小型犬、もしくは小さめの中型犬ぐらいの大きさだ。

「……小さくなれたのか」

「わらわは古竜じゃからな！　入ってよいかや？」

「いいぞ。ただし、俺は眠い。話は明日だ。眠たければそこの長椅子《ながいす》を使え」

「わかったのじゃ！」

竜は嬉《うれ》しそうに尻尾を振りながら、中に入ると長椅子に横たわった。

そしてあっというまに寝息を立て始めた。


俺は眠りについた竜に毛布《もうふ》をかけてやる。

大きい竜は恐ろしいが、小さい竜は可愛《かわい》い。

猫は可愛いが、大きい猫、つまり獅子《しし》や虎《とら》は恐ろしい。

それと同じようなものだ。


「……竜も疲れていたのか」

疲れているのに恩返ししようと、やってきたらしい。

本当に義理堅い。

もしかしたら、幼竜だから必要な睡眠時間も長いのかもしれない。

明日は色々と話を聞いて、帰ってもらおう。

もし恩返しがしたいというなら、鱗か爪《つめ》をもらうことにしよう。

古竜の鱗も爪も、魔道具作りの貴重な材料になるのだ。

そして、俺はベッドに倒れ込むと、すぐに眠りに落ちた。


…………

……


俺は重さを感じて、目を覚ます。

目をつぶったままだが、胸の上に柔《やわ》らかくて温かい何かが乗っている。

「はぁはぁ」

荒めの息づかいが聞こえてきた。

そして頬《ほお》を舐《な》められる。

「……何してるんだ？」

「起きたのじゃな！　主さま！」

「主ではないが」

俺の胸の上には真っ赤で綺麗《きれい》な鱗を持つ、小さな竜が乗っかっていた。

「……で、何をしていたんだ？」

「つい舐めたくなったのじゃ」

「そうか」

犬みたいなものなのかもしれない。

犬もよく舐めてくる。

「わらわは人型になることもできるのじゃ。ベッドに潜り込むときはそっちの方がよかったかや？」

「いや、その必要はない。ベッドに潜り込むなら、竜の姿の方がいいな」

「えへへ。そうかや!」


せっかく起こしてもらったので、起きることにする。

「朝ご飯はパンでいいか？　あまりうまくはないが」

「あっ！　わらわが準備するのじゃ」

「その必要はない。で、パンでいいか？　嫌だと言われても、パン以外ないがな」

「いただくのじゃ」

いつもの乾燥パンを皿に載せてテーブルの上に置く。

コップに入れた水も忘れてはいけない。

「食べていいぞ」

「いただくのじゃ！」

俺も食べる。相変わらず美味しくない。

極《きわ》めてまずいというわけではないのだが、けして美味しくもない。

辺境伯家の食卓に出るパンと比べて美味しくないという意味ではない。

庶民向けの店で売っている一番安いパンよりも、美味しくないのだ。

その一番安いパンを三日放置すると、乾燥パンと似たような味になる。

それでも三日放置したパンはまだ甘みがあるので、乾燥パンよりはまし。

そのぐらいに美味しくない。

「すまないな」

「なにがじゃ？」

「客人、いや客竜に出すべき品質のパンではないんだが、これしかないんだ」

「む？　よくわからないのじゃが、……うまいのじゃ」

竜は気を遣ってくれているのだろう。

だが本当に美味しそうに、小さな体で両手でパンを抱えてハグハグと食べていた。

「美味しいならよかったよ。ところで、俺の名はヴェルナー。竜は何という名前なんだ?」

考えてみると自己紹介すら済ませていなかった。

昨日はとても眠かったので仕方ない。

「がふがふがふ……名も名乗らずに失礼したのじゃ! わらわは古竜の大王の娘ハティというのじゃ。がふがふがふ」

聞き捨てならない言葉を聞いた。

「大王? ってなんだ?」

「うーんと、古竜の偉い奴《やつ》じゃ」

「人族の国の王と同じと考えていいのか?」

「古竜には国はないのじゃ。うーむ、なんと説明すればよいのか……。そうじゃ! 支配しているわけではなく、尊敬されているということじゃな」

「なるほどな」


古竜についての新事実はとても興味深かった。

とはいえ、今はそれよりも大切なことがある。

ハティが俺のことを主さまと呼んで仕えようとしていることだ。


「ハティ、一昨日《おととい》のことならロッテを助けるついでだ。恩に着る必要はない。あ、ロッテというのはハティが食べようとしていた人間の少女のことだぞ」

「がふが……そうはいかないのじゃ！　恩に着ずにはいられないのじゃ！　そもそもハティはロッテを襲うつもりなどなかったのじゃ！」

名乗りを済ませた途端、一人称が「わらわ」から「ハティ」に変わった。

元々、名前を知っている相手には、自分のことを「ハティ」と呼ぶのが自然なのかもしれない。

「ふむ？　ならハティは、なぜロッテを襲っていたんだ？」

「がふ……あれには、そう、深い事情があって……がふがふ」

「食べ終わってからでいいから教えてくれ」


俺がそう言うと、ハティは美味しそうにパンを食べ続ける。

ハティは俺が壊した魔道具に操《あやつ》られていたに違いない。

俺が知りたいのは、どういう経緯で魔道具を取り付けられたのかだ。

幼竜とはいえ、老竜以上に強い古竜に魔道具を取り付けるなど、ただ者ではないだろう。

パンを食べ終わると、ハティは、

「とても美味しかったのじゃ！　人間は美味しいものを食べているのじゃなぁ」

満足そうに尻尾を振った。

「そうか。それならよかった。で、一昨日のことを教えてくれ」

「あれには深い事情があるのじゃ。ハティは人を襲ったりする悪いドラゴンではないのじゃ」

「それはわかったから、その深い事情とやらを教えてくれ」

「うむ。ハティは気ままに飛んで旅をしていたのじゃ。その途中、森の中で昼寝をしていると、知らない人族のおっさんが声をかけてきたのじゃ」

「人族がか？　それは珍しいな」


神にも等しい古竜に声をかける人族はいない。

そもそも竜自体を人族は畏《おそ》れる。

暴《あば》れてさえいないなら、何もしないのがまともな人族というものだ。

地域によっては、「触らぬ竜に祟《たた》りなし」という格言まであるぐらいだ。

実際は触ってもいないのに暴れる竜も、まれにいるのだが。


「うむ。珍しいことなのじゃ。その人族はどうか力を貸してほしい。道を塞《ふさ》ぐ邪魔な岩をどかしてほしいと言っておったのじゃ」

「岩をか。確かに竜の力を借りることができれば、色々はかどるだろうな」

「ハティはいいドラゴンなのであるから、快く承諾《しょうだく》し、大きな岩をどかしてやったのじゃ」

「偉いな」

「偉いのじゃが……。それが罠《わな》であったのじゃ」

そう言うとハティは尻尾をブルブルと小刻みに揺らした。

ハティは罠を思い出して恐ろしくなったようだ。

「罠？」

「うむ。お礼として飲みものを振る舞ってもらったのじゃが……それを飲んだら頭がクラクラして、ぼーっとしてしまったのじゃ」

「それはお酒だったんじゃないか？」

「……お、さけ？　とはなんじゃ？」

竜には酒を飲む習慣はないのだろうか。

いや、ハティが幼竜だから知らないだけかもしれない。

「人族の飲みものには、そういうものがあるんだよ。飲んだらクラクラしたり眠ってしまったりする」

「毒というやつじゃな。ハティも聞いたことがあるのじゃ。恐ろしいものじゃ」

毒ではないのだが、似たようなものかもしれない。


「酒を飲まされたあと、ハティはどうなったんだ？」

「うむ。頭に何かを嵌《は》められたのじゃ」

「俺がロッテを助けるときに壊した魔道具だな」

「そうなのじゃ。あれをつけられた直後から、体が自由に動かなくなったのじゃ」

「幼竜とはいえ古竜を操るとは、尋常ではない魔道具だな」

「まったくもって恐ろしいのじゃ。人族は恐ろしいのじゃ」

本当に怖いようで、ハティはずっと尻尾を小刻みに揺らし続けていた。

「それで魔道具をつけた奴に、ロッテを狙《ねら》えと言われたのか？」

「その辺りが判然としないのじゃ。体の自由が利《き》かなくなって、それからはぼーっと、そう、夢の中にいるような感じだったのじゃ」

「ふむ？」

酒で酔わせたとしても、そして幼竜だとしても、古竜を操るなどものすごく高度な技術だ。

野盗の類《たぐ》いでは絶対ない。

もしかしたら、俺の師匠ケイ先生がらみだろうか。

ここにケイ先生の拠点があると知れば、襲う者はいるかもしれない。

「もしかして、ハティはロッテではなく、俺を狙ってこっちに来たのか？」

「……わからぬのじゃ。ただただひたすらに人を殺せと言う声が頭の中で響いていて、目の前の人間を自分が食らおうとするのじゃ。必死に抵抗しようとしても、体が言うことをきかぬのじゃ」

「そういえば、ロッテを襲っているハティの動きは鈍かったな」

強力な竜ならば、ロッテぐらいの動きの少女を食らうのは難しくない。

それこそ、一瞬で食らえるだろう。

ハティは嬲っていたのではなく、殺したくなくて必死に抵抗していた結果なのかもしれない。

ロッテに聞いたが、竜は嬲《なぶ》るように動いていたという。

だが、俺が見たハティの動きは鈍かった。


「ハティが頭の中の声に抵抗してなかったら、俺も間に合わなかっただろう」

「本当に助かったのじゃ。主さまがいなければ、ハティはあの人間を食らってしまっていたのじゃ」

そのとき単純に疑問に思った。

「人を食らう竜もいるんじゃないか？　ハティはどうして、人を食らいたくないんだ？」

竜にも味の好みはあるだろう。

だが、ハティは人を食べたらこの世の終わりといった表情だ。

人の味が嫌いだったとしても、そこまでなのは少しおかしい。

「……人は嫌いではないのじゃ」

「そうなのか。なぜ？」

「人はかわいいのじゃ。猫ぐらいかわいいのじゃ」

「ふーむ？　猫は可愛いが……」

「であろ？　人も猫ぐらいかわいいのじゃ」

竜の価値観はよくわからない。

だが、猫を自分の牙《きば》と爪で切り裂いて生きたまま食べるように操られたら、俺も必死に抵抗すると思う。

「もちろん毒とか魔道具とか、恐ろしいものを使う人もいるのじゃが……人はかわいいのじゃ」

「猫のほうが可愛いだろ。猫と同じくらい可愛いのは犬だな」

「確かに犬もかわいいのじゃが……、人も同じくらいかわいいのじゃ」

「ふむ。よくわからないが」

「わからないのは主さまが人だからなのじゃ！」


そう言われて冷静に考えると、そんな気がしてきた。

犬も猫も、年老いておっさんになっても可愛い。

だが、人間のおっさんはあまり可愛くない。

そう感じるのも、自分が人間だからかもしれない。


「俺には竜と猫が同じくらい可愛いと思うから、それと同じようなものか」

「え！　主さまは竜が好きなのかや？」

「大きかったら恐いと思わなくもないが、それは猫も同じだからな」

猫は可愛いが獅子や虎は恐い。

正確に言うと、獅子も虎も見た目は可愛いのだが、強すぎて恐いのだ。

それが普通だ。

「なるほど、わかったのじゃ！　主さまは小さい竜が好きなのじゃな」

ハティは機嫌よくうんうんと頷《うなず》いていた。


少し話が脱線してしまった。

「で、話を戻すが、ハティはその魔道具を壊した俺にお礼を言いにわざわざ来てくれたのか？」

「そうなのじゃ！　あれがついたままだと、ハティはきっと人を殺しまくって、そのうち討伐《とうばつ》されていたのじゃ」

「それはそうかもしれないが……」

討伐される前に都市がいくつか消えていただろう。

そして、ハティの言う通り、いつかは討伐されたに違いない。

たとえ強力な古竜であってもだ。

「それに、体の自由を奪われるなど、古竜としての尊厳の危機なのじゃ。つまり主さまはハティの命の恩人、尊厳の恩人じゃ」

「大げさな」

俺がそう言うと、ハティは大きくぶんぶんと首を振った。

首を振るのに連動して尻尾もぶんぶんと揺れる。

「大げさではないのじゃ！　古竜の誇りにかけて、主《ぬし》さまを主《あるじ》として一生仕えるのじゃ」

「そこまでしてくれなくていいよ」

「いや！　絶対仕えさせてほしいのじゃ！」

「いや、ほんとに。そんな悪いし」

「悪くないのじゃ！　それに少しでもハティを哀《あわ》れと思うならば、ハティを仕えさせてほしいのじゃ」


ハティは結構真剣な表情だった。


そんなハティに俺は尋ねる。

「もしかして、俺に仕えなければならない事情があるのか？」

「ハティが主さまに仕えたいと思っているのは本当なのじゃ。じゃが、もし断られたら、恩知らずとして古竜社会での信用を失ってしまうのじゃ」

「それは大変だな」

「そう。すごく大変なのじゃ。主さまに一生仕えてもせいぜい数百年。じゃが、古竜社会での信用を取り戻すには数千、いや万年かかるのじゃ」

「……寿命のスケールが違うからな」


そもそも人は数百年も生きない。

ケイ先生のようなエルフなら別だが。

だが、数百年も数十年も、万年も生きる古竜の寿命に比べたら誤差の範囲内だろう。

古竜と人間の寿命差を考えたら、断るのもかえって可哀想《かわいそう》なのかもしれない。

ハティを見ると、困っているようで、尻尾がしょんぼりとしていた。


俺は少し考える。

人との同居は嫌だ。とても困る。

だが、猫や犬と一緒に暮らすと癒《い》やされるように、小さな竜と暮らしても癒やされるに違いない。


「わかった。ハティの好きにしたらいい」

「ありがとうなのじゃ！　主さま！」

「とはいえ、仕えてもらうといっても仕事はないんだがな」

「片付けとかするのじゃ！」

「乱雑に見えて、すべて意味のある配置なんだよ。それに素人《しろうと》が触れると危険なものもある」

「そうなのじゃなー」

「だから、文字通りハティは好きにしていい。何か用があるときはこっちから言うからな」

「わかったのじゃ！」


そして、俺はハティにこの部屋での注意点を教える。

主に危険な薬品や素材についてだ。

「本当のことを言うと、仕えてもらうより、古代竜の爪とか鱗とか牙とかをくれた方が嬉しいんだがな」

「なんじゃ、そんなものが欲しいのかや？　こんど持ってくるのじゃ」

「無理して爪を剥《は》いだり鱗を剝がしたり、牙を抜いたりしなくていいんだぞ？」

「……なにそれ、こわいのじゃ。そんなことしなくても、爪も牙も鱗も定期的に生え替わるのじゃ」

「それならいいんだが」

「古竜の知り合いたちにも、生え替わったら持ってきてくれるように伝えておくのじゃ！」

「それはありがたい」

古竜のことだ。生え替わり周期も長いに違いない。

そして古竜は数も少ない。

俺が死ぬまで、生え替わる竜が一頭も出なくても不思議はないぐらいだ。

だから、期待しないで待っていよう。


それから俺はいつものように魔道具の研究に戻った。

「万一、爆発《ばくはつ》事故が起こっても、周囲に被害が及《およ》ばないようにするための結界を展開する魔道具だから……」

いつも通りブツブツ独り言を呟《つぶや》きながら、作業していると、

「ぐるる？　爆風を抑えるのじゃな～」

ハティが手元をのぞきに来た。

ハティなりに、俺の独り言を放置したら悪いと思って気を遣ってくれたのだろう。

「ハティ。俺は研究中に独り言を呟く癖《くせ》があるんだ。反応してくれなくていいぞ」

「そうなのかやー」

そう言って、ハティはどこかへ行った。

俺は再度集中して開発を進める。

「結界の流れは……、これでいいとして……」

俺は一昨日までの一週間で研究を進めていた。

その一週間で、一番難しいところは乗り越えたと思う。

大まかな理論は完成しているのだ。

あとは細部を詰めていく作業だ。


集中して作業していると、ひざの上にハティが乗ってきた。

「ぐるぐる」

猫みたいで可愛い。

それでいて、猫みたいに作業の邪魔をするわけでもない。

俺はハティを撫《な》でながら、作業を進める。

ハティのおかげもあり、作業は順調に進み、夕方には試作品第一号が完成した。

「とりあえず、ひとまずできた」

「ぐる？　できたのじゃな？」

「まだ試作品の段階だがな。これからテストをして、問題点を洗い出すんだ」

「ふむー？」

ハティはよくわかっていないようだった。

「とりあえず、テストは明日するとして、ご飯でも食べるか」

「ご飯！　乾燥パンじゃな！　ハティも食べたいのじゃ！」

「……ハティは乾燥パンが好きなんだな」

「乾燥パンよりうまいものなど食べたことがないのじゃ」

「……そんなにか」

「うむ！」

そこまで乾燥パンをべた褒《ぼ》めする者は、人類にはいないだろう。

俺は食事の準備をし、ハティと一緒に乾燥パンと水の食事をとる。

「うまいのじゃ、うまいのじゃ」

「……ハティが美味しそうに食べるから、俺まで美味しい気がしてくるよ」

そのとき、ふと気になった。

ハティは美味しい食べものを知らないから、まずいはずの乾燥パンを美味しいと思っているのだろうか。

それとも、人族と味覚が違って、我々が美味しいと感じるパンよりも、乾燥パンを美味しいと感じるのだろうか。

「……こんど、王都に行ってパンを買うか」

「乾燥パンじゃな？」

「乾燥パンと、普通のパンだな」

「普通のパンかや？　それはうまいのかや？」

「俺にとっては普通のパンのほうが美味しく感じる」

「乾燥パンよりうまいものがあるなど、信じられないのじゃ」

そんなことを言いながら、ハティは乾燥パンをバクバク食べていた。

その日は風呂に入ってすぐに寝た。

徹夜続きは効率が悪い。そう学習したからだ。

今日もハティはベッドの中に入ってきた。

ハティは温かいので、冬である今はとても快適である。

…………

……


次の日、目を覚ますと、昨日と同じように何か、恐らくハティが胸の上に乗っていた。

だが、昨日とは明らかに重さも大きさも違った。

まさか、寝ている間に少し巨大化したのかと思って、目を開けると、

「ふみゅー」


全裸《ぜんら》の人型ハティに抱きつかれていた。

人型のハティは、鱗と同じ赤い色の髪を持ち、頭部には角が二本生えていた。

尻尾は太くて長く、とても立派だった。

そして、幼竜なのに、ハティは出るところが出ている。

その大きめの胸を押しつける形で、気持ちよさそうに眠っていた。


「…………ベッドに入るなら小さな竜形態の方がいいと言ったはずなんだが」

「もにゅもにゅ」

ハティは俺の服の胸の辺りをちゅぱちゅぱ吸っていた。

甘える猫がそうするように、両手は俺の胸あたりをもみもみしている。

猫がもみもみするのは、子猫の頃、母猫の乳を揉《も》んでいた時の名残《なごり》と聞いたことがある。

「……竜って卵生だよな。いや違うのか？」

卵生ならば母竜の乳で育つわけではない。

もみもみする理由がないのだ。

「まあいいか。竜、特に古竜の生態に、俺も詳しいわけでもなし」

俺が知らないだけで、古竜は母乳で育つのかもしれない。

そもそも、竜の生態は謎《なぞ》が多く、専門家も知らないことが多いと聞いたことがある。

数が少なく、強力な古竜なら特にそうだろう。

「お腹《なか》でも空いているのかもしれないな」

おかげで、俺の胸元《むなもと》はベトベトだ。


「ハティ、朝だぞ。起きなさい」

俺はハティの肩を揺すった。

「……うみゅ？」

ハティは眠そうに目を開ける。

「朝ご飯を食べるから起きるよ」

「……ぐるるぅぅ！」


ハティは大きく口を開けてあくびをしながら伸びをする。

猫のようにお尻《しり》を上げ、両腕を前にぐうっと伸ばしている。

それはいいのだが、全裸でしかも俺の上で伸びをされるととても困る。

ちょうどハティの胸が俺の顔に押しつけられる形になった。


「ハティ。大事な話がある」

「ふわぁぁぁぁぁ。主さま。どうしたのじゃ？」

「人の姿の時は色々と自重《じちょう》しなさい」

「？」

ハティは全裸のまま、ぺたんと割座《わりざ》をして、きょとんと首をかしげる。

「そもそもだ。ベッドの中に入るなら竜の姿にしろと言っただろう？」

「はっ！　そうだったのじゃ！」

「ベッドの中に入ってもいいが、絶対竜の姿にしなさい」

「わかったのじゃ！」

ハティがわかってくれたようでよかった。

人と竜、種族が違うので常識も当然違う。

共同生活をするには、価値観のすりあわせが大切だ。

「それに人族の姿になるなら、全裸はだめだ」

「なぜなのじゃ？」

「竜族は全裸が基本なんだろうが、人族は服を着るのが普通なんだ。人族の姿になるなら服は大切だ」

「なるほどなのじゃー」

そう言いながら、ハティはするすると小さな竜形態へと戻った。

「朝ご飯を食べよう」

「乾燥パンがいいのじゃ！」

「……本当にハティは乾燥パンが好きなんだな」

乾燥パンと水で、朝ご飯を済ませると、新型魔道具、つまり結界発生装置の実験に入る。

拠点の外に出て、結界を展開させて、その中で鉱山用爆弾を爆発させるのだ。

「荒野だとこういうときに便利だな」

「爆弾かー。あのロッテが使ってた奴かや？　見たいのじゃー」

ハティはロッテを襲ったときに爆弾型魔道具を投げつけられて、頭に直撃したらしい。

楽しそうに尻尾を振っているハティに見守られながら、俺は設置を終える。

「……よし。いくぞ」

「たのしみ――」

――ゴオオオオオオオアアァァァァン！


「――なのじゃ」

凄《すさ》まじい音が響く。

ハティは驚きすぎて、プルプルし始めた。

俺は結界発生装置の様子を確認する。

全《まった》く壊れていない。この様子ならば連続で爆発させても大丈夫だろう。

「ひとまずは成功だが……、外に漏《も》れる音がまだ大きすぎるか」

「な、なんという爆発の威力なのじゃ！」

「まあ、そういうものだ」

「人族とは恐ろしいのじゃー」

それから五回ほど連続で耐爆試験をした。


「ハティ。手伝ってくれ」

「任せるのじゃ！」

「結界の中に入ってくれないか」

「…………ハ、ハティごと爆破《ばくは》するつもりなのかや。さすがのハティでも、あんなの食らえば無傷ではすまないのじゃ！」

ハティは怯《おび》えた様子でこちらを見てくる。

「そんなひどいことするわけないだろう。今は爆弾の威力テストじゃなく、結界の耐久性テストの途中なんだ」

「ふむふむ?」

「ハティは結界の中に入って、外に向かって全力で攻撃してくれ。ハティの攻撃に耐えられるなら大概の攻撃に耐えられるだろう?」

「そういうことかや! 任せるのじゃ!」

ハティは喜んで結界の内側へと入る。


それを確認して俺は結界を発動させた。

「いいぞ。思い切りやってくれ」

「わかったのじゃ! GOAAAAAAAAAA!」

ハティは巨体に戻ると、強烈なブレスを吐き、尻尾を結界に力一杯叩きつけた。

「すごい、壊れないのじゃ」

楽しそうにハティは暴れまくる。

それでも結界は壊れない。音は外に漏れてくるが、ブレスの熱気も振動も伝わってこない。

「ハティ。次は俺が中に入るから、外から攻撃してみてくれ」

「わかったのじゃ!」

ハティは、外から結界を全力で攻撃する。

全くもって、びくともしない。だが、騒音《そうおん》はかなりひどい。

「……強度は充分かもな」

だが、騒音問題は未解決だ。

荒野ではなく王都に研究室を作るなら、騒音対策は必須である。

俺は暴れるハティを眺めながら、頭の中で結界発生装置の設計図を改良していった。


結界発生装置の改良案がまとまったので、ハティに声をかける。

「ハティ。ありがとう。充分だ」

「もういいのかや？」

「ああ。すごく助かった」

「はぁはぁはぁはぁ。久しぶりに体を動かしたのじゃ！　やはり気持ちがいいものじゃ」

結界の外側に出てきたハティは疲れているが、とても楽しそうだ。

「たまに運動するのも身体にはよさそうだな」

「主さまも、いっしょに運動するのじゃ！」

「気が向いたらな」

たまに身体を動かすのはいいことだと思う。

王都に住んでいた頃も、真夜中に散歩したことがあった。

だが、運動は身体にいいとはいえ、激しい運動はあまり好きではない。

「ハティ、ありがとう。好きにしてていいよ。俺は少し魔道具を調整するからな」

「わかったのじゃ！」


俺は結界発生装置を確認し、その場で改良を加えていく。

「……ふんふんふん、…………ふんふんふんふんふん」

作業する俺の手元をハティがのぞき込んでくる。

運動したばかりだからか、鼻息が凄《すご》い。

巨体なので、その風圧が半端《はんぱ》ではない。

「ハティ、気になるのか？」

「気になるのじゃ」

「……そうか。見学するのは構わないんだが、もう少し離れてくれるか？　繊細な作業をしているからな」

「わかったのじゃ」

少し離れたハティに見守られながら、作業を続けた。

離れたといっても、巨体のハティの強烈な鼻息は飛んでくる。

冬だから、少し寒い。

「……夏なら涼しいのかもしれないな」

「なんのことじゃ？」

「なんでもない」


俺は結界発生装置を修正し、再び試験をし、修正し、試験をし、と繰り返す。

ハティの協力もあり、日が沈みかけた頃、ついに結界発生装置が完成した。

「ハティ助かったよ、ついに完成だ」

「凄いのじゃ！」

「ハティのおかげで、試験が一日で終わったよ」

「ハティは、役に立ったかや？」

「すごく役に立ったよ。ありがとう」

俺が改めてお礼を言うと、ハティは尻尾をぶんぶんと振る。

「ハティも手伝ったその結界発生装置には、どういう機能があるのじゃ？　ハティのブレスを外に漏らさないってのはわかるのじゃが」

「そうだな。詳しく説明しようじゃないか」

手伝ってもらった以上、尋ねられたら丁寧に答えるのは礼儀であろう。

「端的に言うと、衝撃や騒音を含めたあらゆるものを遮断《しゃだん》する結界を展開する魔道具ということになる」

「ほうほう？　それってそんなに凄いのかや？」

「ハティ、鋭いな。それ自体は昔からある」

古代迷宮の宝物庫などに使われているものと、基本は同じだ。

凶悪な魔物を封印するのにも使われたりすることもある。

もちろん、今日作った結界発生装置は、耐爆、耐衝撃性能は従来のものとは一線を画してはいるのだが。


「この魔道具の画期的な点はオンオフができることだな」

「それはすごいのかや？」

「従来の結界の魔道具は展開したら破壊するまで、解除できなかったんだ」

むしろ解除できないということが大事だったのだ。

宝物庫の結界をオフにできるのなら、そこが穴となってしまう。

それに凶悪な魔物を封じた後、簡単に解除されても困る。

「だが、これは研究室を防護するためのものだからな。作動と解除が簡単に、しかも任意でできないと、俺自身も出入りできなくなる」

「それもそうじゃな！　すごいのじゃ！」

この魔道具があれば、要人の寝室の防護などにも使えるだろう。

内密の会話をするときの防諜《ぼうちょう》という用途にも使える。

クーデターなどの非常時や、大地震などの災害時の緊急避難部屋としても活用できる。

「…………今度ルトリシアとティル皇子と姉さんにも進呈しておこうかな」


ティル皇子は可愛い妹ルトリシアの想《おも》い人にして婚約者だ。

それにティル皇子自身も俺を兄のように慕《した》ってくれている可愛い男の子である。

姉ビルギットにも色々面倒をかけ、世話にもなっている。

父と兄はどうだろうか。

俺の魔道具作りを快く思っていない二人は、この魔道具をあげたら喜んでくれるだろうか。


「……喜んでくれなくても、いざというとき活用してくれればいいか」

とりあえず、家族とティル皇子に進呈することにした。

明日、結界発生装置をいくつか製作し、明後日、王都に戻ることにしよう。

本来は師匠にも贈るべきなのだが、現住所を教えてもらっていないので仕方がない。

「さて、ハティ。お腹空いただろう。ご飯を食べよう」

「やったのじゃ！　ハティ、お腹が空いておったところなのじゃ！」

「とはいえ、今日のご飯も乾燥パンだがな」

「ハティ、乾燥パンは大好きなのじゃ！」

そういって、ハティはしゅるしゅるっと、小さくなった。

ご飯を食べるときは小さい方が満腹感を得られるのだろう。

小さくなったハティを肩に乗せて、地下の研究室へと歩き始めた。

そして、沈みつつある太陽が空を赤く染《そ》めていく中、こちらに向かって走ってくる馬車が見えた。

第五章

荒野から王都へ

馬車はまっすぐこちらに向かって走ってくる。

「誰《だれ》の馬車だ？」

「馬なのじゃ。馬もかわいいのじゃ」

ハティは、全《まった》く警戒した様子もなく尻尾《しっぽ》をぶんぶん振っている。

人も馬も、ハティにとっては愛玩《あいがん》動物みたいなものなのかもしれなかった。

「とりあえず、ハティはしゃべらないでくれ。人は竜が人語を話すと驚くからな」

「そうなのかや。わかったのじゃ！」

「竜自体がそもそも少ないし、話せる竜となると、もっと少ないからな」

「たしかにそうかもしれないのじゃ。話せるのは古竜《エンシェントドラゴン》か、老竜《エルダードラゴン》ぐらいなのじゃ」

ハティは俺《おれ》の肩の上でうんうんと頷《うなず》いている。

「大きくなるのも、基本的に禁止だ。大きくなってほしいときには言う」

「わかったのじゃ！」


俺はハティに人と触れ合うときの注意事項を説明する。

馬車に乗っているのは人とは限らないが、念のためだ。

少しの時間立ったまま待っていると、馬車が俺たちの前に来て止まる。

馬車の周囲を馬に乗った護衛が固めている。

その護衛は到着と同時に下馬した。

そして、護衛の一人がゆっくりと馬車の扉を開けた。


馬車から、五十代くらいの恰幅《かっぷく》のいい男が勢いよく降りてくる。

「ヴェルナー卿《きょう》！　お久しぶりでございます！」

「オイゲンさんだったのか。よくここがわかったな」

「それはもう。情報は商人の生命線でありますから」


このオイゲンという男は、この国最大の商会であるオイゲン商会の商会長だ。

元々、オイゲン商会と辺境伯家は商売上の深いつながりがあり、その関係は極めて親密だ。

その縁で学生の頃《ころ》は俺も魔道具を卸《おろ》したりもしたものだ。

助教になってからは賢者の学院指定のゲラルド商会にしか卸せなくなった。

それでも、オイゲン商会は学生の頃に作った魔道具のロイヤリティを支払ってくれている。

オイゲン商会が辺境伯家と懇《ねんご》ろな関係でなければ、学院をクビになったとき、俺はオイゲン商会に向かっただろう。

あのときはまだ実家にはクビになったことを知られたくなかったのだ。

「本当のところは誰から聞いた？　姉さんか？」

「さすがはヴェルナー卿です。鋭いですね。まさしくその通りです」

姉が、俺が荒野で困っているから助けてやってくれとか言ったのかもしれない。

ありがた迷惑、とも言えない。

食料品などを購入できるならば、便利なのは間違いないのだ。

片道五時間かけて、王都に買い出しにいくのはとても面倒だからだ

「立ち話も何だ。入ってくれ。旨くないお茶でよければ振る舞おう」

俺がここに持ち込んでいる食料は、基本的に保存期間の長さと保管の簡単さで選んでいる。

だから、全《すべ》て味は微妙なのだ。

とはいえ、せっかく来てくれたのに、お茶も出さないのは失礼だ。

そのとき、太陽が完全に沈んだ。徐々に辺りが暗くなっていった。

「とりあえず、中で話そう」

そう言って、俺はオイゲンとハティと一緒に地下の研究室へと戻る。

護衛たちにも「お茶を出すから中へどうぞ」と言ったのだが、断られてしまった。

護衛としての決まりや礼儀みたいなものがあるのだろう。

俺が手早くお茶を淹《い》れていると、オイゲンがハティのことをじっと見ていた。

「あの、ヴェルナー卿。その肩に乗っているのは……？」

「ああ、この子は先日から一緒に住み始めた竜の子供だよ」

「……竜の……子供、でございますか」

「珍しいだろ。だが売らないぞ」

「も、もちろんです。恐ろしい竜を、たとえ子供であったとしても、商売のネタにしようとは思いませんよ。触らぬ竜に祟《たた》りなしです」

そして、俺はお茶を来客とハティに振る舞う。

「本当に美味《おい》しくはないぞ。荒野暮らしゆえ、味より保管可能期間重視だからな」

「いえ、美味しいですよ。ヴェルナー卿の淹れ方が上手なのでしょうな」

オイゲンは本当に美味しそうな表情を浮かべている。

さすがは百戦錬磨《ひゃくせんれんま》の商人。お世辞《せじ》がうまい。

そして、ハティは俺の肩から下りると両手でカップを摑《つか》んで、ぺろぺろと飲む。

尻尾がぶんぶんと揺れ始めた。美味しかったのかもしれない。

そんなハティの頭を軽く撫《な》でてから、俺は尋ねる。

「それでオイゲンさんはどうしてここに？」

「当然、商売ですよ。何か必要なものをお聞きし、売っていただけるものがあるかどうか確認しに参ったのです」

「申し訳ないが売れる品は、まだないぞ？」

会話しながら、俺は先ほど試作を終えた結界発生装置を新たに組み立てていく。

部品自体は試作品製作中にたくさん作っていたので、修正を加えて組み立てるだけでいいので簡単なのだ。

「もちろん、今回、売っていただけるものがあるとは考えていませんよ。学院を退職された経緯も耳にしておりますし」

俺が研究室ごとすべてを奪われたことも知っているのだろう。

「ああ、開発中の魔道具は全部、持っていかれた」

「はい。とても理不尽な話でございますね」

「だから、今は新しい魔道具を開発している途中だ」

「ヴェルナー卿の魔道具が完成した暁《あかつき》には、何でも買わせていただきますよ」

「なんでもか？　売れそうもない魔道具かもしれないぞ？」

「魔道具なら何でも買うというコレクターはいらっしゃいますから」

「そういうものか」

「それに、ヴェルナー卿の魔道具なら、宮廷魔道具師の方々も勉強のために買っていかれますし」

教材にされていたとは知らなかった。

ケイ博士の弟子《でし》ということで、過大評価されている気もしなくもない。

「ヴェルナー卿の魔道具はわくわくさせられますからね。どんなものでも買わせていただく方針です」

オイゲンは笑顔だ。

売れないものも定期的に買い続けることで、売れるものを優先的に買い付けさせてほしいということなのだろう。


「このようなことを言ったら、怒られるかもしれませんし、本当に失礼かもしれませんが……」

「ん？　なんだ？　気にせず言ってくれ」

「はい。ヴェルナー卿が助教になられてから、我が商会となかなか取引していただけなくなってとても悲しく思っていました」

「開発した魔道具は全て、学院の予算で研究したという理由で学院名義になっていたからな」

「はい。本当に残念でした」


学院産の魔道具は、ゲラルド商会を筆頭に限られた商会にしか卸されていなかった。

その商会の中にオイゲン商会は入っていなかったのだ。

学院長に賄賂《わいろ》を贈らなかったから排除されたというのが、もっぱらの噂《うわさ》である。

俺が助教になってから製作した魔道具の大半はゲラルド商会に卸さざるを得なかったのだ。

「それゆえ、またヴェルナー卿に直接お付き合いいただけることは、本当に喜びです」

「俺も嬉《うれ》しいよ」

そう言うと、オイゲンも嬉しそうに微笑《ほほえ》んだ。

「今日、参ったのも、商売というよりも、ご挨拶《あいさつ》を兼ねたご用伺《うかが》いのようなものですから」

「ありがとう。いつも気を遣ってくれて」

「いえいえ、ヴェルナー卿の魔道具には儲《もう》けさせていただいてますからね。それに我が子の命も救っていただきましたし」

オイゲンの息子が、魔力が枯渇《こかつ》する病気で死にかけたとき、それを救ったのが俺の作った魔道具だ。大気中の魔力を集めて、枯渇した病人に流す治療器具である。

「ひとまず、必要なものはございますか？」

「実は、近いうちにここを引き払う予定なんだ。今のところ必要なものは特にはないかな」

「なるほど。そうでございますか」

それから少し情報交換して、オイゲンは帰っていった。

◇◇◇◇◇

ヴェルナーの元をオイゲンが訪ねていたちょうどその頃。

ゲラルド商会に一人の貴族がやってきていた。

貴族は水を温める魔道具を買いにきたのだった。


「え？　ないのか？」

「申し訳ございません。魔道具全般、品薄の状態が続いておりまして……」

「それは困るよ。この私に水で顔を洗えと？　この冬に？」

「申し訳ございません」

店員は平身低頭して謝るしかなかった。

貴族は憤慨《ふんがい》しながら、帰っていく。


その貴族が去った後、店員は仕入れ担当の者に言う。

「まだ入荷しないのか？」

「全く入荷予定の見通しはたっていません」

「どうなってんだ？」

学院から卸されていた魔道具はその九割はヴェルナーが開発し、製造したものだった。

他の研究室の学生や院生、助教も組み立てを手伝ってはいた。

だが、コアとなる部品はヴェルナーしか作れない。

それゆえ、ヴェルナー産の魔道具の供給は完全に止まっていた。

「魔道具学部長は新作開発に総力を挙げているから、旧作の製作に手が回らないということでしょうか」

「これまでみたいに両方やってくれないと……」

学院長と魔道具学部長に賄賂を贈って、ようやく独占的に魔道具を卸してもらえることになった。

これまでもゲラルド商会が学院産魔道具のほぼ半数近くを取り扱っていた。

だが、独占はできてはいなかったのだ。

独占契約を結ぶともなれば、教員会議でつつかれる可能性がある。

いつも会議は欠席しているとはいえ、独占ともなると大賢者ケイが何か言うかもしれない。それが学院長も魔道具学部長も怖かったのだ。

それに教員会議には、大賢者の弟子ヴェルナーが出席している。

ヴェルナーは末席から色々直言《ちょくげん》するので、学院長たちにとっては面倒な相手だった。

大賢者の弟子ということと、その実績で、他の教員たちにヴェルナーは一目置かれていた。

ヴェルナーの直言は、教員たちから支持されることも多かった。

大賢者ケイとヴェルナーがいなくなったことで、やっと独占契約を結べるようになったのだ。

それでも、教員会議の重要議案に紛《まぎ》れ込《こ》ませて、一括審議という形で押し切る必要があった。

魔道具の独占契約は、これまで以上に莫大《ばくだい》な利益《りえき》をゲラルド商会にもたらすはずだった。

ゲラルド商会はここ数年で急成長した新興の商会である。

その原動力となったのは、賢者の学院で作られた魔道具だ。

学院産魔道具、つまりヴェルナーの魔道具の半数近くを販売できていたことが大きい。


せっかく独占契約を結べたというのに、魔道具は入荷されなくなった。

「このままでは、今月の売り上げが……」

それ以上は、どの店員も口には出せなかった。

売り上げが激減し、商会自体が傾《かたむ》きつつある。

そのぐらい魔道具の売り上げの全体に占める割合は大きかった。

「……ボーナスどころじゃない」

「ボーナスをあてにして、家を買ったのに……」

商会の片隅では、そんなことを呟《つぶや》いている店員たちもいた。

そのとき、賢者の学院から木箱が届いた。

「おお！　やっと来たか！」

店員たちは一斉に集まり、木箱を開ける。

「魔道具だ！」

「新作でしょうか」

「やっと新作が完成したのか！」


魔道具学部長が新作開発に手こずっているというのは、店員たちも噂で知っていた。

新作開発が無事完了したのなら、旧作の供給も戻るはずだ。

届き次第、先ほど憤慨していた貴族の屋敷に届けさせよう。

迷惑をかけたお詫《わ》びと言って大きく値引きすれば、機嫌も直るだろう。

そんなことを考えながら、店員たちは魔道具を確かめる。


魔道具が届いたと聞いた商会長ゲラルドも駆《か》けつけた。

「やっとか！　何度もせっついた甲斐《かい》があった！」

何度も何度もゲラルドは学院長と魔道具学部長に圧力をかけ続けていた。

そしてゲラルド自身も、自らが所属する神光教団上層部からの圧力に頭を悩ませていたのだ。

このままだと、ゲラルド自身、立場が危《あや》うくなる。

神光教団の非合法部門が光の騎士団である。

光の騎士団指導下にある下部組織が神光教団と言ってもいい。

表向き、ゲラルド商会は神光教団とは無関係だ。

ただ商会長が敬虔《けいけん》な信者というだけだ。

店員たちの神光教団信者の割合も高くない。

だが、ゲラルド商会躍進の陰には神光教団の力添えがあったのも事実だ。

新規出店の際の手続き、有力者への根回し、許認可関連。

その多くで、神光教団の援助を受けていた。

だから、ゲラルドは神光教団には逆らえないのだ。


ゲラルドは魔道具を手に取る。

「…………何だこれは」

そして、顔をしかめた。

「えぇっと……。ちょっとお待ちください」

店員は、魔道具の仕様書を読む。

「水を温める魔道具のようです」

「それはもう既存の製品にあっただろう」

ゲラルドの機嫌が悪くなっていく。

「恐らく性能を向上させた製品なのでは？　仕様書にはなんと？」

「えっと……コップ一杯の水を人肌に温める能力があると」

それを聞いたゲラルドの顔が鬼のように歪《ゆが》む。

「それを一体、何に使うんだ？　馬鹿《ばか》なのか？」

「で、ですが、すぐに温められるなら、使いようが――」

「馬鹿か！　そんなものは他で簡単に代用できるだろうが！」

わざわざ高価な魔道具でやることではない。

暖炉の前にでもしばらく置けば、コップ一杯の水ぐらい温まる。

「ですが、一瞬で――」

一瞬で温められるならば、まだ価値はあると店員はゲラルドをなだめようとした。

だが仕様書に目を通していた店員が、ぽつりと言った。

「温め完了までに三時間かかるようです」

「「はぁ？」」

なだめていた店員と、ゲラルドの声が重なる。

人肌に温めるのに三時間もかかるなら、コップを手で温めたほうがまだ早いぐらいだ。

「こんなガラクタを送ってきて、何のつもりだ？」

「……わかりません」

「しかも、五十個も。馬鹿なのか？」

「……なんとも」

店員は、一個たりとも売る自信がなかった。

在庫を置いておくスペースの無駄《むだ》にしかならない。

こんなガラクタを作るぐらいなら、素材のまま販売した方がまだ儲かる。

「俺は学院に向かう。そのガラクタを送り返す準備をしておけ」

「はい」

そしてゲラルドは学院へと向かった。


ゲラルドが賢者の学院に到着すると、すぐに学院長室に通される。

学院長と魔道具学部長の三人で話し合いが始まった。

ゲラルドは怒気を抑えて尋ねる。

「なんですか？　あの魔道具は」

「気に入っていただけましたか？」

魔道具学部長はゲラルドの怒りに気付かない。

笑みを浮かべている。

「気に入るわけないでしょう？　コップ一杯の水を人肌に温めるのに三時間？　あんなの全く売れませんよ」

「素人《しろうと》はこれだから」

ぼそっとあきれたように、魔道具学部長は呟いた。

「なんですって？」

「いいえ、何でもないですよ。この魔道具は温める原理が革新的で――」

「原理とかどうでもいいんですよ。何ができるかが全てでしょう？」

研究用ならまだしも、販売される魔道具は実用性が全てだ。

「私どもを馬鹿にするのもいい加減にしていただきたい」

「馬鹿になど……」

「ケイが指導する研究室で開発されていた新作はどうなったのです？」

「少し苦戦していて」

「魔道具学部長ともあろう方が、苦戦ですか？　どうしたんですか？　最新の理論についていけなくなったのでは？」

「…………」

魔道具学部長は無言だ。だが怒りで顔が真っ赤《まか》になっている。

「まあ、いいでしょう。新作の供給が難しいなら、これまで通り既存作の製作を進めてください」

「……開発に総力を挙げているので」

「はあ？　総力を挙げているのに、一向に開発が終わらないとはどういうことです？」

怒るゲラルドを学院長がなだめようとする。

「まあまあ。ゲラルドさん」

「学院長。冗談ではないんですよ」

ゲラルドに強い口調でそう言われて、学院長も押し黙った。

学院長と魔道具学部長はゲラルドから、表にできない接待を受けている。

だから頭が上がらないのだ。

「いいですか?」

ゲラルドは学院長と魔道具学部長を睨《にら》みつける。

「既存作の供給。同時にケイ指導下の研究室で開発されていた魔道具の完成。その両方を速《すみ》やかに実行してください」

「わかっている」

学院長がそう言うと、ゲラルドは冷たく睨んだまま告げる。

「いや、わかっていないですね。このままだと、あなたたちにとってよくないことになりますよ」

「よくないこととは一体何かね?」

「私にそれを言わせるんですか?　あなたたちが想像していることよりもよくないことですよ」

そう言って、ゲラルドは去っていく。

ゲラルドの剣幕に怯《おび》えていた学院長が魔道具学部長に言う。

「君。急ぎたまえ」

「充分急いでいますよ」

「急いでいる？　ならばなぜ完成しないんだ？」

「だから、魔道具作りには時間がかかるのです。この前もそうお伝えしたはずです。何度言わせるんですか？」

「はぁ？　そもそも、シュトライトをクビにする前に三日もあれば充分だと言っていたのは君だろう？」

「予定通りに進まないのはよくあることですよ。あなたも研究者なんだからそのぐらいは知っておいてもらわないと」

「予定通りに進まない？　三日のはずが何日経《た》った？　随分と杜撰《ずさん》な計画を立てたものだな。学生なら留年だよ？」

「なんとおっしゃいました？　私を留年学生に例えるなど……」

「私は、君が留年学生以下だと言ったつもりだがね」

「……いくら学院長でも、許《ゆる》せませんね」

「許さなければどうするのかね」

ヴェルナーが残した未完成の魔道具はたくさんある。

だが、そのどれ一つとして、魔道具学部長は完成させることができなかったのだ。

魔道具学部長は無能ではない。その道の権威とまで言われた男である。

だが、ヴェルナーの理論が先進的すぎて、理解できなかったのだ。


学院長と学部長は利害で結びついた関係だ。

上手《うま》くいっている間は仲良くできる。

だが、上手くいかなくなり始めると、途端に険悪になる。


「この……！」

魔道具学部長が怒りのあまり殴りかかろうとした。

だが、学院長は即座に指先に炎を灯《とも》す。

「まさかとは思うが、私が攻撃魔法学の権威であることを忘れたわけではあるまい？」

「……くっ！」

「たかが道具屋風情《ふぜい》が、私に手を上げるつもりか？」


通常、魔道具師はあまり強くないのだ。

ヴェルナーが異常なのである。

魔道具学部長が悔《くや》しがりながら拳《こぶし》を握りしめ、それを見た学院長は勝ち誇ってにやりと笑った。

完全に二人は仲間割れを起こしていた。

上手くいっているときはともかく、上手くいっていないときに悪党同士が手を結ぶのは難しい。

「道具屋は、道具屋らしくさっさと魔道具を完成させたまえ」

「…………」

魔道具学部長は学院長を睨みつける。

「なんだ？　その目は？　文句《もんく》があるのかね？」

「…………ありません」

「ったく。君がここまで無能だとは思わなかったよ」

学院長の罵倒は続くが、魔道具学部長はじっと耐えていた。

◇◇◇◇◇

オイゲンが来訪した次の日も、俺は開発を終えた魔道具を作っていく。

部品はあらかじめ余裕をもって作っていたので、組み立てるだけだ。

夕方になる前には、十の魔道具を完成させることができた。

それを荒野に出て一品ずつ品質チェックをしていく。

昨日は開発時の最終チェックだから時間がかかった。

だが、今日は初期不良のチェックだけだ。

加えてハティが手伝ってくれたおかげですぐに終わる。

「ありがとう、ハティ。助かったよ」

「えへへー」

作業を終えた頃には、日が沈みかけていた。


「主《ぬし》さま！　なんか大きな鳥が飛んでくるのじゃ！」

「む？　こっちに真っすぐ飛んできているな」

俺とハティは拠点に戻らず、飛んでくる鳥をじっと見た。

「ここで待つか」

敵だった場合、中で迎え撃つより、外で返《かえ》り討《う》ちにした方がいい。

広い場所のほうが、気兼《きが》ねなく魔法を扱えるからだ。

そういう意味で、待つと言ったのだが、

「そうじゃな！　鳥はかわいいのじゃ」

ハティは優しい目をしてそんなことを言う。

お友達か何かだと考えていそうな口ぶりだ。

ハティは、人も猫も可愛《かわい》いと言っていた。

それと同様に鳥も可愛いのかもしれない。

「……そうだな」

鳥が殺気を飛ばしてきたとしても、襲いかかってくるまで何もしないようにしよう。

そうじゃないと、動物を虐待する人でなしだとハティに思われてしまいそうだ。


そんな心配をしていると、大きな鳥は俺たちの前に着地した。

「……近くで見ると、より大きく感じるな」

その鳥は猛禽類《もうきんるい》、恐らくは鷲《わし》の一種だろう。

翼を畳《たた》んだ状態でも、大型犬より一回り大きい。

広げた翼の長さは、一枚あたり大人の身長ぐらいありそうだ。

「……魔獣の鳥かもしれないな」

「そうなのかやー」

「で、鳥。何か用があってきたのか？」

「ふぁあ」

一声鳴くと、胴体の辺りをくちばしでまさぐる。

羽毛《うもう》に隠されていたが、ポシェットのようなものを身に着けていたようだ。

鳥はそのポシェットからくちばしで何かを取り出す。

「くぽぅ」

それを俺に向かって差し出すように突き出してきた。

「む？　それをくれるのか？」

「ふぁる」

鳴き声の意味はわからないが、きっとくれるのだろう。

「そうか、ありがとう」

それは握りこぶしより少し長くて細い筒状の容器のようだった。

その筒を受け取って開封すると、中には丸められた紙が入っていた。


俺が筒を開封している間に、ハティは飛んでいって鳥の頭を撫でていた。

「かわいいのじゃ」

「ふぁふぁる！」

ハティにとっては、人間を含めたいろんな動物が可愛いのだろう。

撫でられる鳥もまんざらでもなさそうだ。


俺は紙を調べる。

「ふむ。手紙か？」

『親愛なるシュトライト君
君の偉大なる師匠だ。

大切なことを伝え忘れていた。

だから、我が愛鳥ファルコン号に伝令を頼むことにした』

「師匠からの手紙かよ。というか、ファルコン号って、師匠は鳥を飼っていなかっただろ」

「ファルコン号というのかー。かわいいのじゃ」

「ふぁる」


『シュトライト君は、偉大なる師匠が鳥を飼っていることに驚いているに違いない。

実は王都を離れて温泉に入りに行く途中、ファルコン号との感動的な出会いがあったのだが、それについては割愛しよう。

シュトライト君のことだ。

ファルコン号が近づいてくるのをぼーっと眺めていたのだろう。

敵だったらどうするのだ。警戒を忘れるな。慢心《まんしん》が過ぎるぞ。

わしぐらい強ければ、それでもいいがな。

ちなみに、わしならば遥《はる》か彼方《かなた》にファルコン号が見えたときから警戒を開始しているぞ。

わしは心配だ。シュトライト君はこっそり遠くから、そうだな、徒歩で三十分ぐらい離れた位置から敵に見られていても気付かないのではないか？

そして、この手紙が爆弾だったらどうするのだ。

自分の作った爆弾程度なら、爆発《ばくはつ》しても自分なら防げるから大丈夫とでも思っているのか？

まさか、自分の爆弾より強い爆発力を持つものがこの世には存在しないとでも？

慢心が過ぎるぞ。シュトライト君。わしのほうが強いということを忘れているのではないか？』


師匠に手紙で説教されてしまった。

「別に自分が最強だと思っているつもりはないが……」

痛いところを突かれた。

確かに慢心と言われても仕方がない所作ではあった。

たまに師匠は、師匠っぽいことを言ってくる。

「主さまは最強なのじゃ！　わらわが保証するのじゃ！」

「ふぁるふぁる」

「ありがとうな」

ハティと、ハティに撫でられているファルコン号が慰めてくれる。

だが、反省すべきときは、反省すべきなのだ。

俺はしっかりと、師匠の言葉を胸に刻んだ。

そして手紙の続きを読むことにした。


『さて、本題だ。

今頃、シュトライト君は荒野の拠点にひきこもっているに違いない。
それは構わぬ。好きに使えといったのはわしじゃからな。
だが、少し事情が変わった。
怪《あや》しげな団体が色々うごめいているようだ。戦乱の気配もある。
その荒野の拠点だが、使い終わったら、跡形もなく消し飛ばしておいてくれ。
そのまま残しておけば、悪《あ》しき者に利用される恐れがあるのだ。
わしが直接、魔法で防御すれば、そのような心配はいらないがな。
シュトライト君には、わしと同じことをするのは難しかろう。
わしの方が強くて凄《すご》いのは間違いのない事実で、仕方のないことなのだ。
だから、きちんと、入念に消し飛ばしておいてくれ。頼んだぞ。
あと、ファルコン号は長距離飛行により疲れているかもしれない。
しばらく、泊めてやってくれないだろうか。
餌《えさ》は肉がよいのだが、乾燥《かんそう》パンでも構わない。

君よりも強い君の偉大なる師匠、大賢者ケイ
追伸、わしのほうが強いということをけして忘れないように』

読み終わった後、俺は手紙を畳んで筒の中に戻した。

「師匠は相変わらずだな」

自分のほうが強いとアピールすることを忘れないのも、実に師匠らしい。

恐らく若い俺が慢心しないように、ことあるごとに上がいるとアピールしてくれているのだろう。

歪んではいるが、これも師匠の愛なのだ。

「ファルコン号。今日は泊まっていくといい」

「ふぁるふぁる」

そして俺はハティとファルコン号と一緒に、研究室に戻ったのだった。


ファルコン号はかなり大きい。

翼を畳んだ状態でも、大型犬より一回り大きいのだ。

研究室はさほど広くないので、ファルコン号が入ると少し狭く感じる。

「乾燥パンしかないぞ」

「ふぁる」

「ハティ、乾燥パン大好きなのじゃ！」

みんなで美味しくない乾燥パンを食べて水を飲む。

食事が終わると、ハティとファルコン号はすぐに眠そうにする。

昼間たくさん運動したハティと、遠くから飛んできたファルコン号は疲れていたのだろう。

「ベッドも長椅子《ながいす》も好きに使っていいぞ」

「ふぁる」

ファルコン号は俺のベッドの上に乗ると、静かに眠り始めた。

ハティはファルコン号の横で一緒に眠る。

ハティとファルコン号が眠ったのを確認して、俺はまた今日完成したばかりの魔道具を組み立てる。

姉に進呈することを考えて、機能も研究室一室程度ではなく、もっと広い範囲を保護できるように調節した。

日付が変わる頃、結界発生装置をさらに十個ほど作り終え、俺は風呂《ふろ》に入ってから眠ることにした。

風呂から上がると、ベッドで気持ちよさそうに眠るファルコン号とハティの隙間《すきま》に横になる。

俺がベッドに横たわると、一瞬、ファルコン号が目を開けた。

そして俺に近づいてくっついてくれた。

「ありがとう、温かいよ」

「……ふぁる」

ファルコン号はすぐに目を閉じて再び眠り始めた。

季節は冬だが、ファルコン号とハティのおかげで、温かかった。


翌朝。

俺はファルコン号のもふもふの羽毛に包まれて目を覚ます。

ハティもファルコン号の羽毛の中に埋まっていた。

朝ご飯を食べている間に、ハティとファルコン号に師匠からの指示、拠点爆破《ばくは》について伝えた。

結界発生装置が完成したので、王都に戻ることも同時に伝える。

「なんと！　跡形もなく爆破するのかや？　もったいないのじゃ」

「ふぁる！」

「まあ、もったいない気もするが、大事なものは全て取り出すし、拠点ぐらいすぐに作れるしな」

「そういうものなのかや」

「それよりも、悪い奴《やつ》に悪用されない方が大事なんだろう」

「ふーむ。それはともかく、王都に行くのは楽しみなのじゃ！　できたての乾燥パンが食べたいのじゃ」

「どうせできたてを食べるなら、普通のパンを食べた方がいいぞ」

「ふぅむ？」

「乾燥パンより恐らく美味《うま》い。少なくとも俺は乾燥パンより普通のパンの方が好きだな」

「やっぱりハティには乾燥パンより美味いパンがあるなど、とても信じられないのじゃ！」

そして、朝飯を食べ終わる。

早速、研究所の爆破準備をしなければならない。

「ファルコン号、疲れてないか？　王都への移動は急いでいないからな。疲れているなら、もう二、三泊しても大丈夫だが」

「ふぁるふぁる！」

ファルコン号は大丈夫だと言わんばかりに、羽を広げる。

羽はとても大きいので、研究所の壁や天井《てんじょう》に当たりそうになった。

「元気ならよかった。これからケイ先生のところに戻るのか？」

「ふぁる！」

「なら、これを持っていってくれ」

「ふぁ～る！」

俺は結界発生装置を、ファルコン号のポーチに入れた。

「手紙も付けるべきなのだろうが、面倒だ。それに師匠なら、結界発生装置を見れば俺の現状ぐらいわかるだろうさ」

「ふぁる」


それから、俺は研究所を爆破する準備を進める。

大切なものは全て、俺の開発した魔法の鞄《マジックバッグ》に入れていく。

それが終われば、俺の開発した鉱山採掘用の爆弾のセットだ。

十個ほど爆弾を設置したら、ハティが、

「そんなに爆弾がいるのかや？　爆弾の威力は凄《すさ》まじいし、研究所は小さいのじゃ」

「跡形もなくという、師匠からの指示だからな。ただ吹き飛ばすだけじゃダメなんだ」

「そういうものかや」

俺は十個を追加して計二十個の爆弾を設置した後、さらに手を加える。

熱と爆風を凝集《ぎょうしゅう》させて研究所を超高温にするのだ。


「主さま。ふと思ったんじゃが……」

「なんだ？」

「主さまなら、爆弾を使わなくても魔法でなんとでもなるのではないかや？」

「できるが、疲れるだろう？　それに大分前に作った爆弾があったからな。この際全部使っておこうと思ってさ」

「そうなのかやー」「ふぁるー」


全ての準備が終わると、俺たちは地下の研究所を出る。

そしてしばらく王都の方向に向かって歩いて、距離を取った後、

「よし、爆発させるぞ」

「楽しみなのじゃ」

「ふぁ～ふぁる」

「三、二、一、……爆破！」

――ドドオオオオオオオオオン！


研究所のあった場所に巨大な火柱が立つ。

一瞬遅れて、衝撃波がやってきた。

「ふおおおおお」

「ふぁるううう」

ハティとファルコン号は驚いて身をすくめるが、

「安心しろ」

俺は爆破と同時に結界発生装置を作動させている。

発生した結界は強烈な衝撃波を受けてもなんともなかった。

「す、すごいのじゃ。爆発の威力も結界の能力も凄まじいのじゃ」

「ふぁ、ふぁる～」

「ありがとう。自分で作ったものだが、結界発生装置は本当に便利だな」

「画期的な発明なのじゃ！」

「ふぁるふぁる」

ハティとファルコン号が褒《ほ》めてくれる。

その後、俺たちは爆心地に戻り、研究所が跡形もなく消滅したのを確認すると、王都に向かって歩き出した。

「ふぁ～る～」

ファルコン号は、爆破を見届けた後、お礼を言うかのように頭を何度か下げて飛び立った。

師匠の元に帰るのだろう。

「気をつけろよ！　ファルコン号！」

「いつでも遊びに来るのじゃ～」

「ふぁふぁる～」

ファルコン号は巨大な鷲だけあって、飛ぶのも速かった。

あっというまに見えなくなる。

「かわいかったのじゃ。寂《さび》しくなるのじゃ」

「そうだな。また会えるだろ」

「主さま。ファルコン号を見て思ったのじゃが、ハティが大きな姿になれば王都に飛んでいけるのじゃ」

「………………そうだな」

巨大なハティが王都に向かえば、目撃した民が怯《おび》えてしまう。

とはいえ、拠点から王都までは片道で徒歩五時間。

飛んでいけるのは非常に魅力的だ。

「王都まで飛んだら、民が怯える。だから、王都から徒歩で一時間ぐらいのところまで飛んでもらえるか？」

「任せるのじゃ！」

そして、俺は巨大化したハティに乗って、王都の近くまで移動したのだった。

◇◇◇◇◇

ヴェルナーが荒野の拠点を爆破する数日前。

光の騎士団の最高幹部たちは会合を開いていた。

「賢者の学院からまだ魔道具は届かぬのか？」

「どうやら完成させるのに手こずっているようだ」

「賢者の学院の魔道具学部長だぞ。設計書も部品も全て揃《そろ》っているのだ。手こずるわけないだろう」

「ああ、魔道具学部長は自信があるようだったが……」

学院長と魔道具学部長をあらゆる欲望で刺激し、ヴェルナーを追放するように仕向けたのは光の騎士団である。

ケイの指導下にある研究室で開発されつつあった魔道具を奪うためだ。

開発途中の魔道具を完成させる役割は、魔道具学部長が担《にな》っている。

だというのに、いつまでたっても完成させないのだ。

「怠慢《たいまん》か？　後回しにしているのではないか？」

「可能性はあるな。我らを舐《な》めているのだろう」

学院長も魔道具学部長も、自分たちが取引している相手が光の騎士団だとは気付いていない。

だから舐めるも舐めないもないのだ。

「魔道具学部長を拉致《らち》すべきか？」

「拉致して、無理やり開発させるのか。それはいい考えかもしれぬ」


その時、報《しら》せが入った。

「どうやらケイの弟子が、秘密裏に荒野へ移動したらしい」

「ほう。弟子が移動したということは、魔道具の開発拠点でもあるのか？」

「恐らくな。そして、もしかしたら……『隠者《いんじゃ》』もそこにいるのかもしれぬ」

光の騎士団は「隠者」についてずっと調べ続けていた。

だが、未だその正体を掴めていなかった。


それもそのはずである。

あえて「隠者」の正体が誰かといえば、ヴェルナーのことだ。

かつて「隠者」が開発したという爆弾が完成したのが八年前。

ヴェルナーが十二歳の時だ。

だが十二歳の子供に、世界のパワーバランスを崩すほどの爆弾が作れたとは思えない。

だから光の騎士団は「隠者」＝ヴェルナーだと想像すらしていなかった。

「王都を離れて、荒野で開発されているのは、よほど重大な魔道具なのだろうな」

よほど重大な、それこそ世界のパワーバランスを変えるほどの魔道具である可能性が高い。

八年前の爆弾のようにだ。

光の騎士団の最高幹部たちはそう考えた。

「その成果物を奪えれば……」

「ああ、我らは一気に優位に立てる」

「それに『隠者』さえ亡き者にすれば、これ以上常識外れの魔道具が作られることはあるまい」

そして、光の騎士団による、荒野の拠点襲撃計画が立案された。


…………

……


ヴェルナーとハティがファルコン号の羽毛に包まれて気持ちよく眠っていた頃。

地下拠点から徒歩で三十分ほど離れた場所で、蠢動《しゅんどう》している者たちがいた。

光の騎士団の暗殺部隊だ。

複数の魔人や凶悪な魔物を雇い入れた強力な部隊である。

それを率いる人族のリーダーも、金のために何人もの罪のない民や貴族を手にかけてきた暗殺者だ。


リーダーは部隊の者たちに言う。

「絶対に失敗は許されない」

「GURU」

「確実に、隠者の息の根を止めるのだ。そして成果物を奪わねばならない」

「どちらが優先なんだ？」


そう尋ねたのは、メンバーの中にいる人型の魔物、魔人である。

その性《さが》、極《きわ》めて悪辣《あくらつ》にして外道《げどう》。善性など欠片《かけら》もない。

人とは相容《あいい》れることはけしてできず、そして人よりも圧倒的に強い。

そういう魔物だ。


魔人に対しても、リーダーははっきりとものを言う。

「もちろん両方優先だ」

「……優先の意味がわかってないのか？」

「はぁ？　てめえ、何調子乗ってんだ？」

リーダー自身強力な暗殺者だ。

強力な魔人相手でも一対一でも負けない自信があった。


リーダーと魔人が険悪な状態になる中、拠点を見張っていた男が叫《さけ》ぶ。

「地下からケイの弟子が出てきたぞ。鳥と一緒だ」

「鳥だと？」

リーダーは遠眼鏡《とおめがね》を使って、拠点を窺《うかが》う。

「弟子が王都に戻るようだな。鳥が何なのかはわからんが、恐らく開発が一段落したのだろう」

「どうする？　弟子が成果物を持っているのかもしれないぞ」

「そうだな。まず拠点を襲う。その次に弟子だ」

拠点には「隠者」がいる可能性が高い。

もし「隠者」を殺せたら、それだけで成功と言っていいだろう。

「弟子に逃げられないか？」

「弟子は徒歩だ。王都到着まで五時間は猶予《ゆうよ》がある」

拠点を襲い、「隠者」を殺した後に弟子を追っても充分間に合う。

暗殺者たちが、そう考えたのも無理もないことだった。

そして暗殺部隊は隠密行動を開始する。

その間、ヴェルナーたちは拠点から離れていく。その足取りはゆっくりだった。

暗殺部隊はしばらく拠点に向かって隠密状態で移動していく。

ついに拠点の入り口まであと少しというところまで接近したとき、暗殺部隊の眼前が一瞬白くなった。

同時に意識がなくなる。いや意識どころか、命がなくなった。

ヴェルナーが拠点を爆破したのだ。

暗殺部隊の者たちは、何が起こったかすらわからなかっただろう。

全員が、想像を絶する高温で一瞬で跡形もなく消え去ったのだ。


ヴェルナーは跡形もなく拠点が消失したことを確認した後、ファルコン号と別れて王都へと向かう。

それをさらに遠く、徒歩で一時間以上ほど離れた場所から観察している者がいた。

光の騎士団幹部の一人である。

「……なんという……なんということだ」

綿密に練り上げられた、「隠者」襲撃計画。

研究の成果物と「隠者」の命の両方を奪えるはずの計画だった。

最悪でも、成果物と「隠者」の命、そのどちらかは確実に奪えるはずだった。

「全部、ばれていたのか」

拠点自体が罠《わな》だったと考えるべきだ。

そもそも、荒野の拠点に「隠者」は最初からいなかったのだろう。

光の騎士団が手に入れた情報、それ自体が偽物《にせもの》だったのかもしれない。

「それにあの鳥。尋常ではない強さの魔獣だ。『隠者』はあの鳥を使役し、弟子に指示を出しているのか？」


そこまで光の騎士団の幹部が考察したとき、突然巨大な竜が現れた。

ハティが巨大化しただけなのだが、これまでハティに気付いていなかった幹部は驚愕《きょうがく》した。

「ど、どこから？　現れたのだ？　え？　どういうことだ？」

その巨大な竜に乗ってヴェルナーは飛び去った。

「わけが、わからぬ。『隠者』とは、……人間ですらないのかもしれぬ」

観察を終えた幹部は、光の騎士団の最高幹部会へ報告するために拠点に向かって走った。

第六章 魔道具師の弟子

ハティに乗せてもらったおかげで、俺《おれ》はあっというまに王都に着くことができた。

十分ほど空を飛び、一時間ほど歩くと、門が見えてくる。

小さくなったハティは俺の肩の上に乗っていた。

「ハティ。大きくなったら騒《さわ》ぎになるから、俺がいいと言うまで小さいままでな」

「わかったのじゃ」

「他の人の前で、人の言葉を話すのも騒ぎになるから禁止な。俺がいいと言うまでは静かにな」

「まかせるのじゃ！」

そう言って、ハティは自信満々に胸を張ると、尻尾《しっぽ》をゆっくりと振る。

ハティは賢いドラゴンなので、大丈夫だろう。


「……今回はしっかり身分証を持ってきているからな」

前回、身分証を忘れて、衛兵に追い払われてしまったのだ。

そして臭《くさ》いとまで言われてしまった。

「昨日も風呂《ふろ》に入ったし……臭くもないだろう。ハティどうだろうか？」

「主《ぬし》さまは、いつもいい匂《にお》いなのじゃ！」

「ありがとう」

衣服はいつものようにみすぼらしい。だが、清潔だ。

とても面倒だが最近は洗濯もしているのだ。

大丈夫なはずだ。

今度、自動で洗濯してくれる魔道具も作ろうと思う。

そんなことを考えながら、俺は王都の門に近づいていく。

身分証もあらかじめ取り出して、右手に持っていた。

「おい！　止まれ！」

衛兵に大きな声で制止された。

「安心してください。身分証はありますよ」

丁寧《ていねい》に俺は応対する。

俺は貴族である。しかも、貴族の中でもかなり上級のほうだ。

だからこそ、なるべく民には丁寧に接しなければならないのだ。

それが貴族としての良識だ。

ただでさえ、向こうは身分を知れば、丁寧に扱ってくれるのだ。

高圧的に接しても、反感を買うばかりで何もいいことはない。

「はあ？　どうせ、偽造だろうが！　帰れ！」

「いやいや、確認もせず、決めつけないでくださいよ」

そう言って俺は身分証を衛兵に差し出す。

そこには俺の名前と、辺境伯家の四男だということが書かれている。

「こんなもの見ずともわかるわ！　帰れ！」

バシッとはたかれて、俺の身分証が地面に落ちる。

少しだけイラッとした。

地面に落ちた身分証を見もせずに衛兵は言う。

「お前のような犯罪者が、まともに手続きを受けられると思うな」

「ああ、そうだな。まあ、……出すものを出すなら……審査してやってもいい」

近くにいた別の衛兵がにやにやしながら、そんなことを言った。

「出すもの？　身分証なら出したが……」

「はあ？　そんなもんじゃねーよ、馬鹿《ばか》か？」

つまり、賄賂《わいろ》を要求しているようだ。

俺のような粗末《そまつ》な恰好《かっこう》をしている者にたかっても、小銭しか出てこないだろうに。

それに、衛兵の給与は王都の平均月収より大分上だったはず。

いい暮らしをしているのに賄賂を要求するとは、見下げ果てた根性だ。

俺は地面に落ちた身分証をかがんで拾いながら、

「いやいやいや。仕事なんだから、きちんとしてくださいよ」

「だまれ！　犯罪者が！」

「おらあ！」

横から一人の衛兵が俺の顔面を蹴《け》り上げようとしてきた。

それを手で防ぐ。

「当たったらどうするんだよ。怪我《けが》するだろうが」

「だまれ！　防いでるんじゃねえぞ、こら！」

「防いだってことは、反抗の意志ありってことだな」

「お前らは、めちゃくちゃ言うな」


衛兵ならば、最低限の法律の勉強をしてほしい。

そもそもなぜそこまで衛兵に敵視されるのかわからないが、仕方がない。

とりあえず、ボコボコにして、人を集めて、偉い人がやって来るようにする方が早そうだ。

「……ものすごく面倒くさい。本当に気が進まないんだがな」

「舐《な》めてんじゃねーぞ」

殴りかかってくる衛兵二人の拳《こぶし》を片手であしらい、どうやって倒すのが効果的か考える。

大けがを負わせたら色々面倒なことになるのは間違いない。

無罪になるにしても、書類を書いたりしないといけなくなる。

もしかしたら、取り調べを受ける必要もあるかもしれない。

そしたら姉に迷惑がかかる。


「むむむ」

「なにが、むむむだ！　死ねや！」

二人相手に格闘していると、門の上の方から声が聞こえた。

「おい！　いい加減にしろ！　殿下の御帰還だ！　整列の準備をしろ！」

同時に建物の中から、衛兵たちがぞろぞろと出てくる。

……こいつら、俺が理不尽に絡《から》まれているのを知っていながら無視していやがったな。

賄賂欲しさに、理不尽な言いがかりをつけることが常態化しているようだ。

そのことに、さらにイラッとした。


衛兵二人は俺を脇《わき》に追いやろうとするが、間に合わない。

他の衛兵も俺を排除しようと駆《か》けつける。

御帰還されるらしい殿下に、もめている様子を見られたくないのだろう。

だが、殿下の馬車は衛兵たちの想定以上に速かった。

「魔獣の馬の曳《ひ》く馬車か。さすが皇族の使う馬車だな」

魔獣の馬は、ただの馬より体も大きく足も速い。

魔獣ではない狼《おおかみ》や獅子《しし》ぐらいならば、簡単に倒すぐらい強いのだ。

その魔獣の馬六頭に馬車を曳かせている。

さすがは皇族の馬車だ。遅いわけがない。

「ま、まずい」

「とにかく整列しろ！」

わちゃわちゃしているところに、馬車が着く。

皇族の馬車なら、手続きもいらない。そのまま走り抜けるのが普通だ。

だが、馬車は完全に停止した。


そして、馬車の窓が開かれる。

「……何をしているのだ」

馬車の中から聞こえる声に、一番偉そうな衛兵が、直立不動で返答する。

「整列が間に合わず、申し訳ありません！　犯罪者の捕縛の最中でありまして」

俺のことを勝手に犯罪者にしているのは、納得がいかない。

「……そなたには聞いていない。ヴェルナー卿《きょう》、ここで、何をしているのだ？」

声の主は、大きな馬車の奥にいる。

そのうえ、馬車の車高は高い。地上側からは姿は見えない。

だが、声を聞くだけで誰《だれ》なのかわかる。

「お久しぶりでございます。皇太子殿下。ご壮健《そうけん》そうで何よりでございます」

俺が跪《ひざまず》いてそう言うと、衛兵たちはぎょっとしてこちらを見る。

どうやら俺が皇太子と面識があるらしいと気付いたのだ。

そして、衛兵たちはそれまでの自分たちの振る舞いが、いかにまずいものだったのか理解したようだ。

相手が貴族だろうと平民だろうと、まずい振る舞いだった。

衛兵たちには心の底から反省してほしい。


「うむ。面《おもて》を上げてくれ。ヴェルナー卿」

そう言われて、俺は顔を上げる。

顔を上げても大きな馬車の奥にいる皇太子の顔は見えないのだが。

「久しぶりだ。いつも弟が世話になっているな」

「いえ、いつも私のほうが癒《い》やされておりますゆえ……」

「弟が迷惑をかけていないのならば、よいのだが……」

「迷惑だなどと。とんでもないことでございます」

「それは何より。……それはともかく、私は何をしているのか聞いたのだが」

「失礼いたしました。王都の中に入ろうとしていたところ、問題が発生しまして……」

「問題？　衛兵たちが何かやったのか？」

皇太子の声を聞いて、衛兵たちは震え上がる。

文字通りガタガタ震え、冷や汗を流している。

衛兵たちは、皇太子と知り合いらしい俺が、自分たちのしたことを言いつけると思っているのだろう。

全《まった》くもって常識を知らない奴《やつ》らである。

「些事《さじ》でございます。皇太子殿下のお耳に入れるようなことではございませぬ」

これほど単純なもめごとを、皇太子殿下に告《つ》げ口するような者は、まともな貴族にはいない。

それが貴族としての良識である。

このような些事は、後から担当の勅任官《ちょくにんかん》クラスの上級官僚に報告して対応してもらうべきなのだ。

勅任官とは、皇帝が自ら任命するクラスの官僚である。

皇太子に直訴するのは、その上級官僚まで腐っているとわかったときだ。

「……そうか。ヴェルナー卿がそう言うならばそうなのだろう」

「はい」

それを聞いて、衛兵たちはほっとした様子だった。

本当に常識を知らない奴等《やつら》である。

あとで上級官僚、つまりこいつらの上司にチクられるとは想像もしていないようだ。

「…………」

皇太子は、小さな声で馬車に同乗していた侍従《じじゅう》に何かを命じた。

馬車に同乗していることからも、侍従の身分が相当高いことがわかる。

「畏《かしこ》まりましてございます」

そう言って侍従は降りてくる。

その侍従と俺は面識があった。

侍従自身も上級貴族だ。伯爵の爵位を持つ六十代の紳士である。

「ヴェルナー卿。お怪我《けが》はございませんか?」

侍従は俺の元にやってくると、優しい声で尋ねてきた。

どうやら、皇太子たちは、既にここで何が起こったのか大まかに把握しているようだ。

それも別に不思議ではない。

遠くから門の様子を見ることもできるし、皇太子の目となり耳となる者は至《いた》るところにいるのだから。

「はい。蹴られて、殴りかかられましたがね」

皇太子は、侍従をわざわざ馬車から降ろして、俺に状況を尋ねさせた。

ということは、この侍従にトラブルの解決を任せると皇太子が判断したということだろう。

だから俺はあとで上級官僚にチクるのではなく、侍従に報告することにした。

「このようなことを言うと誤解されるかもしれませぬが、巻き込まれたのがヴェルナー卿でよかった」

「私もそう思います」

侍従は俺がケイ博士から魔法の訓練を受けていて、それなりに腕が立つことを知っているのだ。

「他には何かされましたか？」

「そうですね……」

俺はやられたことを手短に報告する。

前回、ロッテを背負ってやってきたときのことも、ついでに報告しておいた。

「それはゆゆしき事態ですね。このような状態が恒常化していたのでしょう」

「ええ」

「あとは私めにお任せください」

「よろしくお願いいたします」


それからどうなるかなど、俺は特に関知しない。

だが、やることはわかる。

侍従は、この場の衛兵たちの上司、それも相当上位の、俺が当初チクる予定だった勅任官あたりを呼びつけて、厳しい指導を行うのだ。

その上司は監督不行き届きということで、よくて降格の上で左遷《させん》。

勅任官から、奏任官《そうにんかん》に格下げになるかもしれない。

そして、この場にいた衛兵たちは全員まとめて懲役刑《ちょうえきけい》だろう。

衛兵なのに、法律すら守れないのだから仕方がない。

皇太子が自分の側近である侍従を使って、直接事態解決に乗り出すということはそういうことだ。

侍従が静かな声で、命令を出し始める。

「私は皇太子殿下から、事態の解決を命じられました。私の言葉は皇太子殿下の言葉と思い従うように」

「ぎょ、御意《ぎょい》」

衛兵たちは平伏《へいふく》し、冷や汗を流している。


その様子を眺めていると、馬車から皇太子の声がした。

「ヴェルナー卿。ここで出会ったのも何かの縁だ。乗りなさい」

「殿下、畏《おそ》れ多《おお》いことでございます」

「よい。私が卿と話したいのだ」

そこまで言われたら断るのは逆に失礼だ。

「畏れ入《い》り奉《たてまつ》ります」

俺は、クラウス皇太子殿下の馬車に同乗し、王都の中へと入ったのだった。


俺は皇太子の向かいの座席に座る。

俺が乗ると、馬車はゆっくりと動き出した。

王都内には人がいるので、あまり速度を出すわけにはいかないのだ。

「……ところで、ヴェルナー卿。その肩の上に乗っているのは一体？」

皇太子がハティを見て尋ねてくる。

「この者は私の従者であります」

「従者とな？」

「実は我が従者は、ハティという名の古竜《エンシェントドラゴン》の大王の娘、幼竜でございます」

「古竜だと？」

さすがに皇太子も驚いたようだ。

「はい。ハティ。皇太子殿下にご挨拶《あいさつ》しなさい」

「ハティじゃ！　主さまの従者をしておるのじゃ！」

「こ、これハティ」

皇太子に余りに気安いので、俺はたしなめる。

古竜の王族はどう扱うべきかという、決められた作法はないのだ。

そのうえ、いくらハティが古竜の大王の娘でも、俺の従者。

失礼に当たるかもしれない。

そう心配したのだが、皇太子は笑顔で言う。

「構わぬ。ヴェルナー卿」

　そして、皇太子はハティに頭を下げた。

「以後よろしく頼む。古竜の王女」

「うむ。よろしくなのじゃ！」

「ヴェルナー卿。ハティ殿下は、卿の従者である以前に古竜の王族。私と同格なのだ。自由に振る舞っていただきたい」

「……畏れ入り奉ります」

　皇太子がそう言うならば、ハティはそう振る舞うのが正しいのだろう。


　皇太子はハティとの挨拶を済ませると、俺に尋ねてくる。

「ヴェルナー卿、荒野での研究を終えられたのか？」

「はい。無事終わりました」

「それは何より。ローム子爵閣下から、王都で安全に研究するための魔道具を作っていると聞いたのだが……」

「その通りです」

　ローム子爵とは、俺の姉のことだ。

「ということは、これからは王都で研究されるのだな？」

「はい、そのつもりです」

「それはよかった。ちなみに、どのような魔道具を？」

尋ねられたので、俺は実際に作った結界発生装置を、魔法の鞄《マジックバッグ》から取り出す。

「こちらになります。結界を展開することのできる魔道具でして……」

俺はなるべく簡潔に説明する。

それを皇太子は真剣な表情で聞いてくれていた。

「さすがだ。ヴェルナー卿らしい、実に素晴らしい魔道具だな」

「ありがとうございます。もしよろしければ、こちらは献上いたします」

「よいのか？」

「はい、もちろんでございます。殿下のお役に立てるのであれば望外の喜びでございますれば」

「そなたの忠義に感謝する」

「畏れ入り奉ります」

そんなことを話している間に、馬車は王宮に到着する。


「まだ、話があるのだ。付き合ってくれ」

そう言われたら断れない。

「畏まりました」

そのまま応接室へと連れていかれた。

「ヴェルナー卿に紹介したいお方がいらっしゃるのだ」

「どなたでしょうか？」

皇太子が呼ぶと、一人の少女がやって来た。

それは、先日ハティに襲われていたところを助けたロッテだった。

皇太子は笑顔でロッテを見て、それから俺の方を見た。

「さて、こちらのお方だが、ヴェルナー卿もご存じだな？」

「はい。先日お会いいたしました」

「こちらはシャルロット・シャンタル・ラメット王女殿下、ラメット王国の第三王女殿下であらせられる」


それは想定外である。

ラメット王国は、我が国から遠く離れた小国だ。

小国といっても、歴史は古く格式の高い王国だ。

我がラインフェルデン皇国の、昔からの友好国である。


「そ、それは、存じ上げなかったとはいえ、失礼いたしました」

「ヴェルナー卿、先日は命を助けていただき、ありがとうございました」

「いえ、お気になさらないでください」

本当にわからないことばかりだ。

なぜ王女が一人で荒野を歩いていたのか。

師匠に弟子入りに来たのだとしても、一人で出歩く理由がない。

そんな俺の思いを察したのか、皇太子は俺を見て、にこりと笑う。

「ヴェルナー卿、色々と聞きたいことがありそうだな」

「ないと言えば嘘《うそ》になります」

「ラメット王国の情勢は今不穏だ。ガラテア帝国が侵略しようとうごめいている」

それだけで説明は充分だとばかりに、皇太子は微笑《ほほえ》んでいる。


ガラテア帝国は、我が国とはラメット王国の間に位置する。

軍事大国であり、現在の皇帝の領土的野心が強いことで有名だ。

そして、ガラテア帝国との国境を守っているのが、俺の実家である辺境伯家である。

だから、俺にとっても無関係ではない。

もしガラテア帝国と戦争にでもなれば、実家は大きな役割を果たすことになるだろう。


「大変でしたね。海路でやってこられたのですか?」

「はい。ですが、船が原因不明の難破《なんぱ》をしたので、途中からは陸路です」

「それは、本当に苦労されましたね」

恐らくだが、難破自体が、ガラテア帝国の工作による可能性が高い。

ラメット王国とラインフェルデン皇国を結ぶ航路は、比較的安定しているのだ。

乗組員に工作員がいて、船底に細工などをしたのだろう。


「難破した後は、ガラテア帝国に上陸せざるを得ず、陸路で参りました」

「私と会ったとき、王女殿下がお一人だったのは……もしかして」

「はい。従者はおりました。ですが、ガラテア帝国の襲撃が激しく、皆途中で……」

「それは——お悔やみ申し上げます」

帝国の刺客《しかく》に殺されたのだろう。

「ヴェルナー卿、頼みがある。聞いてはくれないだろうか？」

「……はい。なんでございましょう」

本来であれば、何でも仰《おお》せつけくださいとか言うべきなのだろう。

だが、皇太子相手に言質《げんち》を取られるのはとても恐ろしい。

だから、あまり褒《ほ》められたことではないが、言葉を濁《にご》した。

「うむ。ヴェルナー卿。王女殿下を弟子にしてくれないだろうか？」

皇太子は真剣な表情でそう切り出した。


刹那、俺はどうやって王女の弟子入りを断ろうかと頭を巡らす。

「私は未熟者ゆえ……」

だが、皇太子は全く気にせず、話を続ける。

「ヴェルナー卿が、まだ一人で研究をしたがっていることは知っている」

「……はい」

「それでも、無理を押してお願いしたい。王女殿下をヴェルナー卿の弟子としてほしい」

「どうか、よろしくお願いいたします」

そう言ってロッテも頭を下げた。

皇族と王族に頭を下げられると、断るのが非常に面倒なのでとても困る。

「そうおっしゃられましても……」

「……まあ聞いてほしい。ヴェルナー卿。ラメット王国には魔法技術が必要なのだ」

「ガラテア帝国に対抗するためですね」

「ヴェルナーさま。我が国の魔法技術は非常に遅れております。率直《そっちょく》に言って存亡の危機です」


ラメット王国には豊富な資源がある。

それを輸入している我が国にも、多大な利益《りえき》をもたらしているのだ。

俺の開発する魔道具にも、ラメット産の資源は多く使われている。


資源のある小国。

そして、魔法技術も遅れているとなれば、いつ攻め込まれてもおかしくない。

しかも隣国ガラテア帝国は領土的野心が大きいのだ。

だが、王女一人が俺に弟子入りしたところで、どうにかなるようなことでもない。


「クラウス殿下。ガラテア帝国への牽制《けんせい》ならば、もっと効果的なことがあるのではないでしょうか」

ラインフェルデン皇国とラメット王国が同盟を結んだほうがよいだろう。

素人《しろうと》の俺ですらそう思うのだ。皇太子が気付いていないはずはない。

「もちろん、同盟も結ぶ予定だ。そして我が国から大々的な技術供与も行う」

「ならばそれで充分ではないですか?」


そうなれば、ガラテア帝国としても簡単には攻め込めなくなる。

ラメット王国に向けて兵を動かせば、その背後からラインフェルデン皇国に襲われる恐れがあるからだ。


「王女殿下のヴェルナー卿への弟子入りは、技術供与の象徴なのだ」

「そうはおっしゃいましても……私は学院をクビになった在野《ざいや》の研究者にすぎません」

「だが、ケイ博士の愛弟子《まなでし》だ」

「それならば王女殿下は、ケイ博士に弟子入りを……」

それを聞いてロッテが口を開く。

「ヴェルナー様もご存じの通り、私はそのつもりでした。ですが、ケイ博士は行方《ゆくえ》が知れず……」

ロッテはケイ博士を訪ねて一人で荒野を訪れて、ハティに襲われたのだ。

「それに、ヴェルナー卿。昨日、ケイ博士から書が届いてな」

「書が、でございますか？」

「うむ。大きな鷲《わし》が届けにきた」

ファルコン号だ。

俺のところに来る前に、王宮に寄っていたらしい。

「ケイ博士が王女殿下に出した手紙に書かれていた大魔導師とはヴェルナー卿のことらしいぞ」

「…………なんと」

確かに、ロッテの持っていた手紙には荒野にいる大魔導師を見つけろと書いてあった。

師匠はいつも自分のことを賢者とか大魔導師と自称しているから気付かなかった。

「師匠からは全く何も聞いておりませぬが……」

「それは、よくあることなのではないか？」

「残念ながら、殿下のおっしゃる通りです」

大事なことも特に相談したりはしない。

それが師匠である。

「ケイ博士はラメット王国が亡ぶことは望まないとのことだ。ケイ博士自身も動くらしい」

「博士は、どう動かれるのでしょうか？」

「それはわからぬ」

「殿下。師匠の手紙を見せていただくことは……」

俺がそう言うと、皇太子は曖昧《あいまい》な笑みを浮かべる。

「ケイ博士がヴェルナー卿には絶対に見せるなと。理由はわからぬが」

「……そうでしたか。ならば仕方ありませんね」

俺が見たらわかる何かがあるのだろう。

恐らくそれは師匠の居場所か、師匠がこれから行うことなのだと、俺は思う。

そして、それを絶対に俺には悟《さと》らせたくないのだろう。


「すまぬな」

「いえ、師匠がそう言うのならば、それがよいのでしょう。師匠は理不尽極《きわ》まりないですが、意外と弟子思いではありますし」

それで少し考える。

師匠は恐らくラメット王国が滅ぼされそうな気配を察知したのだ。

だから、秘密裏に動けるように姿を消したに違いない。

「それで、ヴェルナー卿、頼まれてくれないだろうか」

「私からもぜひお願いいたします」

皇太子とロッテが、そろって俺に頼むほどだ。

国にとっても重大事。

俺への弟子入りが重要なのではない。

ラメット王国の王族が、ケイ博士の弟子に弟子入りする、つまりケイ博士の孫弟子になることが重要なのだ。

師匠のネームバリューはそれほど高い。

そして皇太子とロッテに頭を下げられただけでなく、師匠まで俺に弟子を取れと暗に言っている。

これを断るのは難しい。

ならば、助手として手伝ってもらいながら、魔道具の作り方でも適当に教えればいいだろう。

それに、王女を弟子に取ったとなれば、父も兄も俺の魔道具づくりに文句《もんく》を言えまい。

「……わかりました。お引き受けいたします」

「おお！　それはよかった。肩の荷が下りたぞ」

「ありがとうございます！」

皇太子とロッテはにこやかに微笑んでいた。

俺はロッテの目をじっと見る。

ロッテも、背筋を伸ばしてしっかりとこちらを見た。

「ですが、説明を聞いてから弟子入りするかどうかを決めていただけますか？」

「私の心は決まっております」

「それでも、説明を聞いて改めてご判断をお願いいたします」

「畏まりました」

後でこんなはずではなかったとか、思っていたのと違うと言われたら、とても面倒なのだ。

事前に、色々と説明するのは必須と言える。

「まず最初に、このハティのことです」

「きゅる？」

「はい」

ハティは可愛《かわい》らしく首をかしげている。

ロッテはそんなハティのことをじっと見た。

操《あやつ》られていたとはいえ、ハティはロッテを襲ったのだ。

トラウマとなっていてもおかしくはない。

「このハティは、私と殿下が初めてお会いしたとき、殿下を襲った竜です」

「そうだったのですね。大きさが全く異なるので気付きませんでした」

「ごめんね」

ハティはぺこりと頭を下げた。

「いえ、私の方こそごめんなさい」

「え？　どういうことなのじゃ？　なんでロッテがあやまるのじゃ？」

「恐らくハティさんを操ったのはガラテア帝国の工作員でしょう」

「そうだったのかや？」

「はい。古竜を操る魔道具を作れる国は限られますから」

具体的には魔法大国であるラインフェルデン皇国と、軍事大国であるガラテア帝国の二国だ。

「私は旅している間、魔物に何度か襲われました。私を襲わせるためにガラテア帝国がハティさんを操ったのだと思います」

「……そうだったのじゃな。でも、ハティがロッテを襲ったのは間違いないのじゃ。ごめんなのじゃ」

「私こそごめんなさい」

互いに謝って、ハティとロッテは許《ゆる》し合った。

仲良くできそうでよかった。


やっと改めて、弟子入りについての説明ができる。

「さて、シャルロット殿下。私は私がケイ博士に教えてもらったようにしか教えられません」

「はい」

「基本的に放置になります。丁寧に基礎から教えてほしいならば、賢者の学院に通うべきでしょう」

「覚悟しております。見て盗めということでございますね」

「それは違います。見て盗めるほど魔導の理論は浅くありませんから」

神妙な表情を浮かべているロッテを見て、皇太子が言う。

「ヴェルナー卿。それはさすがに……」

「ですがクラウス殿下。それにシャルロット殿下。魔導師の弟子というのはそういうものです」

「そうかもしれぬが……」

「それでは安定的で体系的な教育が難しい。そう考えたケイ博士が作られたのが賢者の学院です」

俺がそう言うと、皇太子も無言で頷《うなず》く。

学院長と魔道具学部長はクズだが、他の教員はまともである。

ほぼ全員が立派な学識を持ち合わせている。良識もそれなりに持っているはずだ。


基本的に学院では、自分の出自《しゅつじ》を明らかにしない習慣である。

親の地位や役職など、名簿に記録すらしていない
俺はシュトライトを名乗っていたが、辺境伯の息子だとは知らない者の方が多いだろう。

シュトライトは名族、旧家である。

宗家《そうけ》である辺境伯家以外にもたくさんの家があるからだ。

だが、ロッテは国策で留学してきた王女。

学院の中でも常に護衛が付くことになる。

身分を明かさないわけにはいかない。

そのロッテに理不尽なことをする愚《おろ》か者はいまい。

たとえ、クズの学院長と魔道具学部長であっても、嫌がらせをすることはないだろう。


「シャルロット殿下には、昼間は賢者の学院で学びつつ、放課後に私のところにいらっしゃるのがよいと愚考《ぐこう》いたします」

「ふむ」

「私自身、賢者の学院で多くのことを学びましたから」

「なるほど。どうかな。王女殿下」

「師の仰せのままに」

そう言ってロッテは頭を下げた。


「説明を聞いて、それでも弟子になりたいとおっしゃるのであれば、お受けいたします」

「不束者《ふつつかもの》ですが、どうぞよろしくお願いいたします」

こうなったら、弟子にするしかない。

「弟子となったからには、もはや殿下とは呼びません」

「当然でございます」

俺は意識的に口調を切り替える。

他国の王女殿下に対するものから、弟子に対するものへだ。

「うむ。とはいえ、今の俺には研究拠点がない。できたら改めて報《しら》せる」

「私にも研究所作りを手伝わせてくださいませ！」

「……………わかった。手が必要ならば手伝ってもらうことにする」

「はい！　頑張《がんば》らせていただきます！」

そして俺は皇太子に頭を下げる。

「殿下。我が弟子のことをよろしくお願いいたします」

「うむ。それは任せておくがよい」

「ありがとうございます」


それから、少し話をした後、ロッテは退室していった。

皇太子が、俺にだけ話があると言ったからだ。

「殿下、お話とは……」

「とりあえず、これを読んでほしい」

そう言って皇太子は魔法で封印を施《ほどこ》された手紙を差し出す。

「これは？」

「ケイ博士からの手紙だ。卿が王女殿下を弟子にしたら渡すようにと」

「中身は……」

「もちろん見ていない。見ようともしていない。ケイ博士が見るなというものを見ようとするほど、私は愚かではないのだ」

皇太子はケイ博士の逆鱗《げきりん》に触れたくないのだろう。

気持ちはわかる。

師匠は味方にしても、いまいち頼りないが、敵に回したら非常に厄介《やっかい》なのだ。

「拝見します」


一言断って、俺は手紙の封を開ける。

『※※※この手紙はシュトライト君だけが読むように。そして読んだ後は、誰にも見せずに燃やすように※※※』


最初に忠告が目に入った。

俺以外が読んだらダメらしい。

ちらっと俺の肩の上に乗っていたハティに目をやる。

すると、ハティはこくりと頷く。

そして、肩から下りて、手紙が読めない位置に移動した。

「ありがとう、ハティ」

「気にするでないのじゃ。主さまの師匠が誰にも見せるなと言うのならば、ハティも見ないのじゃ」


俺は慎重に手紙を開くと、ゆっくりと読む。

『親愛なるシュトライト君
これを読んでいるということは、ロッテを弟子にしたようだな。

とてもいいことだ。

だが、荒野にいる大魔導師を訪ねろという手紙を、ロッテに託したというのに、自分のことだと気付かないとはがっかりだぞ。

わしのほうが強いのは確かとはいえ、シュトライト君も大魔導師を名乗ってもいいぐらいの腕前だ。

それに荒野にはシュトライト君しかいないのだ。

だというのに、自分のことだと気付かないとは。

シュトライト君はもう少し洞察力を高めるべきだ。

そして、何より、わしの方が強いということをけして忘れないように』

師匠は相変わらずだ。

そして、洞察力不足は確かに反省しなければなるまい。
俺は反省してから、続きを読み進める。

『……ロッテのことを頼む。とてもかわいいだろう？
昔話をしよう。
シュトライト君が生まれる、ずっとずっと昔。
大昔の話だ。
それこそ千年ほど前になる。
まだ若かったわしが仲間とともに大魔王を討伐《とうばつ》したことは知っているだろう？』

（知らないが？　初めて聞いたが？）
皇太子がいるので、いつものように突っ込めない。
心の中で突っ込んでおく。

『勇者と、わしの妹でもあった治癒《ちゆ》術師、それに魔導師であるわし。
三人のパーティだった。
大魔王を倒した後、勇者は大魔王の城があった場所に、ラメット王国を作ったのだ。
そしてわしの妹を妻としたのだ』

（師匠の妹ということは、エルフなのか？　なら、もしかして妹もご存命なのだろうか？）

だが、ラメット建国王の王妃が生きているなど聞いたことがない。

何か秘密がありそうだが……。

今度、師匠に会った時に聞かせてもらおう。

それを聞く権利ぐらいは、俺にもあるはずだ。

俺は手紙の続きを読み進める。


『つまりロッテはわしの妹の子孫。わしにとっても遠い遠い親戚に当たる。

まあ、姪《めい》のような者だ』

（姪とは血の濃さが全然違うだろ！）

今のラメット王は、五十代目。

師匠の妹の血など、薄くなって、ほぼ関係ないと言っていいぐらいだろう。

『だからこそ、わしはラメット王国とその王族のことを他人とは思えぬのだ。

それゆえ、伏してロッテのことを頼む。

もしロッテのことが気に入って、ロッテもシュトライト君のことを気に入ったら、結婚してもいい。

その場合は仲人《なこうど》を務めてやろう。

偉大なる君の師匠。大魔王一体と魔王二体を倒した大賢者ケイ』

（魔王二体？　大魔王とは別に二体？　どういうことだ？）

というか千年の間に、二体も魔王が出現したとは知らない。

師匠が勝手に言っているだけではないだろうか。

とまどいながら、手紙を調べると、署名の大分下に続きがあった。

『追伸
言っていなかったが、魔王は三百年から四百年おきに出現している。

そして大魔王は千年おきだ。

四百年前の魔王と、七百年前の魔王は、わしがひとりで倒した。魔王ぐらいならば余裕だ。

だが、勇者とともに大魔王を倒してからそろそろ千年。

つまり、大魔王の復活も近い。

さすがに強いわしでも一人では多少難しいやもしれぬ。

腰も痛いしな』

（腰が痛いという設定、まだ生きていたのか）

『大魔王復活の際は、シュトライト君にも手伝ってもらうかもしれぬ。

よろしく頼んだぞ』

(それはもちろん構わないが……)

師匠の方が強いとはいえ、人手がいるなら手伝うのは弟子として当然だ。

そのとき、さらに下に、まだ何か書いてあることに気がついた。

『追追伸
ああ、それと、ロッテは勇者なので、しっかりと教えてやってほしい』

衝撃的なことが書かれていた。

俺は少し混乱した。

ロッテが勇者だと?

そもそも、勇者なんて、おとぎ話の中の登場人物ではなかったのか?

(いや、ラメットの建国王が勇者だと師匠が言っている以上、勇者という存在は現実なのだろう)

とはいえ、ロッテが勇者とは信じがたい。

からかっているのではないだろうか。

そう思って、隅々《すみずみ》まで観察したが、手紙はそこで終わっていた。

追追追伸は見つけられなかった。

（勇者って、おとぎ話では聖剣を持って戦っていたよな）

弟子入りするなら戦士か剣士ではないのか？

なぜ、魔道具師である俺に弟子入りさせようとするのか。

俺が考えていると、皇太子が、

「ケイ博士はなんと？」

「詳しくは話せませぬが、ロッテを頼むと。……失礼いたします」

そして俺は師匠からの手紙を、言いつけ通りに魔法で燃やす。

「ケイ博士から、読んだら誰にも見せずに燃やせと指示があったので」

「ふむ。師匠と弟子、誰にも明かせぬ話もあるだろう」

「申し訳ありません」


そのとき、皇太子執務室に執事がやってきて、お茶とクッキーを出して立ち去っていった。

きちんと俺と皇太子の分以外に、ハティの分も用意されていた。

ハティは俺の従者であると同時に、古竜の大王の娘、王族である。

皇太子としても、ないがしろにはできないのだろう。

「これ、食べていいのかや？」

「もちろんです。ハティ殿下」

「ありがとうなのじゃ！」

ハティはクッキーを両手でつかんでハムハムたべる。

「うまいのじゃ、うまいのじゃ！」

「古竜の王女殿下のお口に合ったようで何よりです」

まずい乾燥《かんそう》パンを、ハティは「うまいうまい」と食べる。

もしかしたらなんでもうまいと言って食べるのかもしれない。

皇太子は一口お茶を飲むと、

「ところで、ヴェルナー卿は賢者の学院で教鞭《きょうべん》を執《と》っておられたな」

「はい」

「王女殿下を弟子に取られたこの機会に、賢者の学院に戻られるつもりはないのか？」

「私はクビになったのです。戻りたいと言っても戻れますまい」

「ふむ。学院が戻ってくれと言ってきた場合、戻ると？」

「……それも少し違うかもしれません。元々師匠であるケイ博士の指示で助教になっておりましたので」

「ケイ博士が学院を去った今、学院に戻る理由もないと」

「その通りです」

俺がそう言うと、皇太子は「ふうむ」と呟《つぶや》いた。

「学院の最新鋭の設備を使えると便利だと思うのだが……」

「……学院の助教となると、大量の雑務をこなさなければなりませぬゆえ」

「最新鋭の設備を使えるメリットより、大量の雑務に時間を取られるデメリットの方が大きいと」

「まさに仰せの通りでございます」

「賢者の学院に思うところがあって、絶対に戻りたくないというわけではないのだな?」

皇太子がなぜ賢者の学院について聞いてくるのかはわからない。

だが、問われたら答えるのが礼儀だ。隠すことでもない。

「正直に申しますと色々と思うところはございます。特に学院長と魔道具学部長には……」

「であろうな」

「ですが、私は子供の頃《ころ》から学院で学んできたのです」

そう言った途端、思い出が想起される。

目の奥が少し熱くなった。

自分でも予想外だ。

「……親元で暮らした時間よりも学院で過ごした時間の方が長いほどです。それに師匠や学友たちとのよい思い出もたくさんあります。学院を憎むことはできそうにありません」

「雑務に時間を取られず、研究に専念できるなら、学院に戻ることも嫌ではないと」

「そのようなことが可能ならば、ですが。今は一人で静かに研究できる現在の環境に満足しております」

「ヴェルナー卿には、快適に研究に打ち込んでほしいと考えている。それが国益にもかなうであろうからな」

「……畏れ入り奉ります」

その後、皇太子と雑談を少しした。

皇太子から、皇帝のための結界発生装置をくれないかと頼まれたので、いくつか献上して俺は退出したのだった。


皇太子の部屋を出た後、俺は辺境伯家の王都屋敷へと帰ることにした。

侍従の一人に先導されて、外へと向かう。

その途中、ハティが嬉《うれ》しそうに羽をゆっくりとパタパタさせた。

「美味《おい》しかったのじゃ！　皇太子はいい奴なのじゃ！」

ハティは凄《すご》く上機嫌だ。完全に餌《え》付《づ》けされている。

俺の従者であるハティが、皇太子に「殿下」もつけずに呼ぶのはよくない気もする。

だが、ハティは古竜の大王の娘。問題ないとも思う。

「……美味しかったか。よかったな」

「よかったのじゃ～」


王宮は広い。ちょっとした街と言ってもいいぐらいだ。

外に出るためにそれなりに歩く必要がある。

「あっ。兄上！」

「これは、ティル殿下。お久ぶりでございます」

ティル殿下に会ってしまった。

俺を慕《した》ってくれるティル殿下はとても可愛い。

妹の婚約者であるティル殿下は、俺のことを兄上と呼んでくれるのだ。

「王都に帰ってこられたのですね！」

「はい。皇太子殿下にご挨拶した帰りです」

「そうだったのですね！　……その肩の上に乗っているのはなんでしょう？」

早速ティル殿下はハティに興味を持った。

ハティは可愛いので、興味を持つなというのが無理だろう。


俺は小声で囁《ささや》く。

「……殿下。内密にお願いします」

「は、はい。内緒ですね！」

ティル殿下は真剣な表情で頷《うなず》く。

「皇太子殿下はご存じのことですが、実はこの者はハティ。私の従者にして古竜の幼竜です」

「え、古竜？　え、すごいです！」

「ハティ、殿下に自己紹介しなさい」

「ハティじゃ！　わらわは主さまの従者にして、古竜の大王の娘なのじゃ！」

「す、すごい！　ティルです！　よろしくお願いいたします！」

ハティの紹介を済ませると、ティル殿下のテンションは高くなった。

「ぜひ、お話をお聞かせください！」

「私でよければ、喜んで」


基本的に皇族に誘われて、断るという選択肢はない。

ティル殿下の部屋でお話をする。

ハティを抱っこしたティル殿下に色々と聞かれた。

荒野での生活や魔道具について、ティル殿下は興味があるらしかった。

俺は聞かれたことに丁寧に説明をしていった。

ハティはハティで、ティル殿下に撫《な》でられながらお菓子《かし》を食べさせてもらっていた。

とても嬉しそうだ。

そして、ティル殿下の次の予定があるので、一時間ほどで退室した。

退室する前に、結界発生装置を進呈しておいた。

「ありがとうございます！　凄く嬉しいです！」

ティル殿下はとても喜んでくれた。

作ったばかりの結界発生装置が、皇族の方々に喜ばれて嬉しい限りだ。


その後、俺は辺境伯家の屋敷に戻る。

辺境伯家の屋敷では、姉ビルギットが歓迎してくれた。

姉にも結界発生装置をプレゼントして、父と兄たちにも送ってもらうことにしたのだった。

第七章 研究所

皇太子と話し合いをした次の日の朝。

朝ご飯を食べながらハティが言う。

「主《ぬし》さま。研究所はどこにつくるのじゃ？」

「まずは土地を見つけないといけないからな」

「大変なのじゃなぁ」

俺《おれ》の弟子《でし》となったロッテは、賢者の学院の学生でもある。

賢者の学院に近い方がいいだろう。

そして、王宮に近い賢者の学院の周辺には上級貴族の屋敷が建っていることが多い。

土地の値段は当然高いのだ。

「金は払えるが……、そもそも売りに出されている土地があるかどうか」

とりあえず、オイゲン商会にでも出向こうと思う。

オイゲン商会ならば、よさげな土地を仲介してくれるだろう。

どんな土地がいいのかとか、土地の値段とか、そういう話をハティとしていると、

「ヴェルナーさま。土地をお探しのようですね」

そう尋ねてきたのは辺境伯家の執事である。

執事は昔から辺境伯家に仕《つか》えてくれている、威厳を漂わせている六十代の老紳士だ。

王都屋敷の家政全般を取り仕切り、ローム子爵である姉の秘書役も務めている。

「そうだが……どこかに土地があるのか？」

「はい。ございます。朝食の後で、ご案内いたします」

「主さま！　土地が見つかったのじゃ！　よかったのじゃ～」

「そうだな」

そうはいっても、執事がどんな土地を紹介してくれるかわからない。

過剰な期待はしないでおく。


「主さまのために、土地を見つけてくるとは偉いのじゃ。かわいいのう！」

ハティは、パタパタ飛んで執事の頭を撫《な》でにいく。

ハティが以前、猫と同じくらい人は可愛《かわい》いと言っていたのは本当らしい。

俺も、子猫も老猫も可愛いと感じるので、それと同じなのだろう。

「も、もったいのうございます。ですが私が見つけたのではなく……子爵閣下が……」

恐らく可愛いなどと言われたことは数十年なかっただろう老執事は戸惑っていた。

気持ちはわかる。

「ところで姉さんは？」

「はい。子爵閣下は、早朝から王宮に参内《さんだい》しておられます」

「そっか。それなら仕方ない」

姉であるビルギットは辺境伯家の嫡子《ちゃくし》、ローム子爵である。

父である辺境伯の名代《みょうだい》として、毎日忙《いそが》しくしているのだ。

王宮に出向くことも、珍しくはない。


俺とハティが食事を終えると、執事が言う。

「どうぞ、こちらにおいでください」

執事が向かったのは庭にある離れ家だ。

そんな離れ家があるとは、俺も知らなかった。

どうやら、ごく最近建てられたものらしい。


「子爵閣下が、ヴェルナーさまの研究室としてこちらを使うようにと……」

「……いいのか？」

「もちろんでございます。ラメット王国の王女殿下を弟子にされたとのこと。ならば辺境伯閣下も何もおっしゃいますまい」

今までならば、屋敷の離れを研究所にしていたら、いつ追い出されても文句《もんく》は言えなかった。

だが、他国の王女殿下であるロッテが通っている研究所ならば、父も文句を言わないだろう。

「もし父上が何か言ってきたら、皇太子殿下に泣きつけばいいしな」

皇太子の要望に従い、ロッテを弟子にしたのだ。

少しぐらいなら、願いを聞いてくれるだろう。

皇太子から、父に「王女殿下を頼む」とひとこと言ってくれれば、それで充分だ。

父も「御意《ぎょい》」と返答するしかあるまい。


「ありがたく使わせてもらうよ」

「それがよろしゅうございます」

俺は離れ家の外周を一周した。

「姉さんは、もしかして……」

「ヴェルナーさまのお察しの通りでございます。ヴェルナーさまが賢者の学院をお辞めになったとお聞きになったらすぐに、この離れ家の建築を命じられました」

使うかどうかもわからなかったときに建て始めてくれたようだ。

ありがたいことである。


俺とハティは離れ家の中に入って見て回る。

平屋で、中には大きな部屋が一つしかない。

それでも、一般的な魔道具研究室の基本要素は全《すべ》て押さえられていた。

水も使えるし、実験器具や道具なども一通り揃《そろ》っている。

実験に使いやすい机も椅子《いす》もあった。

危険な液体をかぶってしまったとき用のシャワーまである。

だが、そのシャワーからはお湯が出ないし、外から見えないようにする仕切りもない。

あくまでも非常時用なのだろう。

当然のようにベッドもない。

風呂《ふろ》に入るときと眠るときは、ちゃんと母屋《おもや》に戻ってこいという姉の意図を感じた。


研究室を一通り見て回った後、俺はハティと一緒に買いものに行くことにした。

「なにを買うのかや?」

「そうだな。眠れるようにベッドだろ。それにシャワーも快適に使えるように水を温める魔道具を作る材料だな」

「そっかー」

研究所でより快適に過ごせるように、色々と買いものをするのだ。

母屋で寝てほしいらしい姉には悪いが、研究が佳境《かきょう》に入ったら、その短い移動も面倒になるものだ。

寝るにしても、研究を終えて五秒で寝れるようにしたいし、朝起きたら五秒で研究を再開したい。

俺とハティはオイゲン商会の本店へと向かう。

「ちゃんとした服を着てくるべきだったかな」

「？　主さまは今日もかっこいいのじゃ」

「ハティ、ありがとう」

「えへへ」

ハティは褒《ほ》めてくれるが、真《ま》に受けてはいけない。

古竜《エンシェントドラゴン》であるハティなら、おっさんが全裸《ぜんら》で歩いていても可愛いと言うだろう。

かっこいいと思う基準も、人間とは全《まった》く異なるのだ。

俺の今日の服は以前ゲラルド商会に着ていった服と一緒だ。

特に何かを意識してのことではない。

俺は元々持っている服が少ないというだけのことだ。

「まあ、いいか」

中に入ると同時に、

「いらっしゃいませ」

店員の一人に声をかけられた。

「少し欲しいものがあって」

「どのようなものでしょうか」

「ええっと……」

俺は必要なものを告《つ》げていく。

ベッドや毛布《もうふ》。それに魔道具を作るための材料である。

店員は真剣な表情で聞いた後、

「少しお時間がかかりますので、おかけになってお待ちください」

と言って、小走りで消えた。

言われた通りに椅子に座って待っていると、

「どうぞ」

お茶とお茶菓子《がし》を出される。

当然だが、俺の分だけ。ハティの分はない。

すると、ハティがこっちを無言でじっと見た。

お茶とお茶菓子を口にしていいか、目で尋ねているのだ。

ハティは俺が教えた通り、人前だから話さない。

「食べていいよ」

「………」

ハティは尻尾《しっぽ》をパタパタ振って、お菓子を食べる。

美味《おい》しそうにお茶も飲んでいた。


そんなハティの頭を撫でて、和《なご》んでいると、

「ヴェルナー卿《きょう》ではございませんか！」

俺と面識のある番頭の一人が走ってきた。

面識があるといっても、会うのは数年ぶりである。

近づいてくる途中で、番頭は小声で店員の一人に言う。

「……商会長にヴェルナー卿がおいでくださったと伝えてください」

そして、俺の前に来ると丁寧《ていねい》に頭を下げる。

「お久しぶりでございます。いつもお世話になっております」

「お久しぶりです」

そこで、番頭は俺のお茶をハティが飲んでいることに気付いた。

「少しお待ちを」

そしてすぐに、お茶のおかわりが運ばれてくる。

今度は俺とハティの分、二人分のお茶が出された。

「大変、失礼いたしました」

「ありがとうございます。お気遣いなく」

ハティがまた飲んでいいか目で尋ねてくる。

「いいよ」

「…………」

ハティはお茶も大変好きらしい。

俺もせっかく出してもらったので、そのお茶を口にする。

少し甘いお茶だった。

ハティは甘いお茶が好きなのかもしれない。


それからは、番頭と世間話をする。

父は元気かとか、姉は元気かとか、ケイ博士は元気かとか、そういう話だ。

「お待たせしました！　あっ」

最初に俺に応対してくれた店員が戻ってきた。

そして、番頭が俺と話をしているのを見て、少しびっくりする。

「ご要望の品の準備ができました」

「ありがとうございます」

そして、俺とハティは番頭と別れて、店員に案内されて準備をしたという場所へと向かう。

ベッドを店頭まで持ってくるわけにはいかないので、別室に揃えてくれたらしい。

別室に着くと、俺は揃えてくれた商品を確かめていく。

ベッドはともかく、魔道具の材料は産地や製造工場までしっかり確かめなければならないのだ。

その作業の途中で、

「あ、あの……」

店員は俺に何かを尋ねたそうにしていた。

「なんでも聞いてくださって構いませんよ」

「あの、すみません。番頭とはどのようなご関係なのですか？」

「古い知り合いです」

「そうだったのですね」

どうやらこの店員は、俺のことを知らないのに、丁寧に応対してくれたようだ。

「私からも聞いていいですか？」

「なんでしょう？」

「私の服は、とてもお金を持っているようにも、身分が高いようにも見えないと思うのですが……」

「そんなことは……」

「いえ、自分がどう見えているかはよくわかっていますから、お気になさらず」

俺のことを、オイゲン商会と取引関係のあるヴェルナーだと知っているなら、何の不思議もない。

お得意様を優遇するのは、よくあることだ。

「私が誰《だれ》か知っていたわけではないんですよね？」

「も、申し訳ありません。誠に失礼ながら、存じ上げておりませんでした」

「ならば、なぜ……」

粗末《そまつ》な服を着た俺に、親切に対応してくれたのか。

貴族っぽさ、つまり偉そうな態度がにじみ出ていたのなら、改めなければなるまい。

「お客様を身なりで判断するなと、教えられておりますので」

「そうでしたか。素晴らしいことですね」

そんなことを話している間に、商品のチェックが終わる。

「申し分のない品質です。全て買わせていただきます」

「ありがとうございます。代金ですが……」

そのとき、部屋の中に、

「ヴェルナー卿！　おいでくださるなら、おっしゃってくだされればよろしいのに！」

商会長が息を切らせて入ってきた。


俺は商会長に挨拶《あいさつ》する。

「ああ、オイゲンさん、お邪魔してるよ」

「言ってくだされば、こちらから商品を持って参上いたしましたのに……」

「いやいや、そこまでしてくれなくても大丈夫だよ。散歩のついでだし」

オイゲンは今まで相手してくれていた店員に向かって言う。

「ありがとう。ヴェルナー卿のことは私が……」

「はい！　失礼します」

「ありがとう」

店員は丁寧にお辞儀して、部屋から出ていった。

その店員に、俺もお礼を言っておく。


店員が去ると、オイゲンが少し心配そうに尋ねてくる。

「失礼はありませんでしたか？」

「とてもよくしてくれたよ。本当にありがたい」

「それならばよかったです」

「うっかりこの恰好《かっこう》で来てしまったのだが……」

「我が商会においでになるときに、ヴェルナー卿が恰好を気にされる必要は全くありません」

大真面目《おおまじめ》にオイゲンはそんなことを言う。

「それはありがたいが、こんな恰好だというのに、ぞんざいに扱われなかったことに驚いているよ」

「立派な人物が、立派な恰好をしているとは限りませんからね」

「そういうものか」

「はい」

オイゲン商会がこの国最大の商会になった理由が、少しだけわかった気がする。

そして、オイゲンは俺が購入する商品をにこやかにチラリと見た。

「荒野から、王都に拠点をお移しになられたのですか？」

魔道具の材料だけを買い付けていたのなら、ただの補充の可能性がある。

だがベッドまで買っているなら、引っ越してきたと考えるのが自然だ。

「ご推察の通り。荒野の拠点は引き払って王都に戻って来た」

「ちなみに、新しい拠点はどちらに？」

「実家の庭だよ」

「それは……おめでとうございます」

オイゲンは父と兄が魔道具の研究に反対しているという事情を知っているのだ。

それなのに、実家の庭に拠点を移したということは、その反対がなくなったとオイゲンは判断したのだろう。

だから祝いの言葉を述べたのだ。

「まあ、色々あったんだよ」

「そうでしたか。何はともあれ、よかったですね」

俺がぼかすと、オイゲンも詳しく聞いてこない。

俺があまり説明したくなさそうだから、聞かないのだ。

それに、俺から聞かなくても、自分たちで調べられるということなのだろう。

「そうだ、代金を払っていなかったな」

「来月のロイヤリティから引いておきましょうか？」

「じゃあ、それで頼む」

「かしこまりました」


俺は請求書にサインする。

無事、売買契約が締結されたので、俺は荷物を鞄《かばん》の中に入れていく。

俺の鞄は魔法の鞄《マジックバッグ》だ。

俺が五年前に開発した便利な魔道具である。

外から見たら普通の鞄なのだが、中に入れられる容量がものすごく大きい。

しかも、入れたものの重さも感じなくなる。

「……その鞄、すごいのじゃ。どうなっているのかや？」

「ああ、これか」

今までずっと無言だったハティが耳元で囁《ささや》いてくる。

「ハティ、ちょっと待て。オイゲンさん」

「どうしました？」

俺はハティについて軽くオイゲンに紹介した。

これからオイゲンとは会うこともあるだろう。

そのたびに、ずっと無言を通すのはハティもしんどいと思ったからだ。

「なんと、話せると」

「よろしくなのじゃ！」


ハティの紹介が終わったので、俺は鞄に荷物を入れる作業を続ける。

「よいしょっと」

俺がベッドまで小さめの鞄に入れているのを見て、ハティが目を丸くした。

「これは魔法の鞄といって、俺が開発した魔道具だぞ」

「すごいものを作ったのじゃなぁ」

「まあ、俺の最高傑作のひとつと言ってもいいかもしれない」

「本当にお見事です。私どもに売っていただけるならば、いくらでもお支払いしますのに」

「すまないが、師匠から売るなって言われているんだ」

「残念です」

師匠から売るなと言われているので販売はしていない。

ティル皇子と皇太子と師匠、あとは実家にいくつか進呈したぐらいだ。

皇太子は特に気に入ったらしく、十個ほど献上しておいた。

ベッドや魔道具の材料を全部魔法の鞄に入れると、帰途につく。

オイゲンはお土産《みやげ》をくれて、店の外まで見送ってくれた。

「かわいいおっちゃんだったのじゃ〜」

「ハティは何でも可愛いって言うよな」

「人間は皆かわいいのじゃ」

「……まあ、猫も皆可愛いからな」

人間が老猫を可愛いと思うのと多分同じだ、と思う。


「あ、乾燥《かんそう》パンを売っているのじゃ！　主さま。乾燥パンじゃぞ！」

「そうだな」

乾燥パンは別に珍しい商品ではない。

「ほわぁ……乾燥パンを売っているのじゃぁ……」

ハティは俺の肩の上で、よだれをたらしていた。

「乾燥パンじゃないパンの方が美味しくないか？」

「乾燥パンじゃないパンも美味しいのじゃ。でも乾燥パンも美味しいのじゃ」

そう言って、俺をチラチラと見る。

俺に乾燥パンを買ってほしいのだろう。

「乾燥パン、そんなに好きなら買ってやろうか？」

「ええ⁉　いいのかや！」

ハティは大げさに仰《の》け反《ぞ》って驚いてみせる。

「いいぞ」

「主さまは、本当に主《あるじ》の鑑《かがみ》なのじゃ。すごいのじゃ～」

そこまで喜んでもらえるなら、俺としても嬉《うれ》しい。

乾燥パンを多めに買っておく。

乾燥パンは味はいまいちだが保存食なのだ。便利なのは間違いない。

「ほら、食べていいぞ」

「うまいのじゃ！」

ハティは両手で抱えるように乾燥パンを持って、ハムハムと食べていた。

◇◇◇◇◇

ヴェルナーが、荒野の拠点を引き払った直後。

つまり、暗殺部隊が跡形もなく消し飛ばされた直後のことだ。

王都の片隅にある光の騎士団のアジトでは、最高幹部たちがまた会合を開いていた。

「……内通者がいるのではないか？」

「確かに。『隠者《いんじゃ》』に送った刺客《しかく》が跡形もなく殺されるなど、内通者がいなければ難しい」

その場を重苦しい沈黙が包み込む。

荒野の拠点に襲撃をしかけた部隊が、あまりにも的確に狙《ねら》い澄まされたように吹き飛ばされたのだ。

事前に襲撃の計画を摑《つか》んでいなければ不可能なことに思えた。

「……我らに対しての警告だろう」

「警告？」

「我ら、光の騎士団の動きは全て把握している。そう『隠者』は挑発しているのだ」

「『隠者』はどこまで把握しているんだ？」

「わからぬ」

最高幹部の一人がぼそっと言う。

「ゲラルド商会は信用できるのか？」

「…………どういうことだ？」

ゲラルド商会は、学院長と魔道具学部長をそそのかして、ヴェルナーを追放させた黒幕である。

そして、ゲラルド商会を後ろから操《あやつ》っているのは光の騎士団だ。

「ケイ指導下で開発されつつあったという魔道具が、ゲラルド商会から一向に送られてこないではないか」

「……確かに。ゲラルド商会はなんと？」

「魔道具学部長が開発に手こずっていると報告してきているな」

それを聞いて、最高幹部たちは顔を歪《ゆが》めた。

「それは嘘《うそ》だろうな」

「魔道具学部長は、金でどうとでも転ぶ俗物だが、学識は確かだ。魔道具学の権威と呼ばれた男だぞ」

「ああ、ケイ指導下の研究室とはいえ、ただの院生や助教が開発していた魔道具を作れぬわけがない」

「それに設計図や研究ノートを丸ごと接収したらしいではないか」

「…………裏切ったな」


最高幹部の一人がそう呟《つぶや》くと、他の者たちも頷《うなず》いて同意した。

金で転ぶ奴《やつ》は、いつでも金で転ぶのだ。

それを光の騎士団の最高幹部たちは、かみしめていた。

本当は、ヴェルナーの作っていた魔道具が複雑すぎて、解読できていなかっただけなのだが。


「……問題は誰が裏切っているかだ」

「ああ、ゲラルド商会が裏切っているのか、学院長と魔道具学部長が裏切っているのか。それともその両方が裏切っているのか」

「はっきりさせねばなるまいな」

「……いや、その必要はあるまい」

その言葉を聞いて、残り全員が発言者を睨《にら》みつけた。

「なんだと。裏切り者を野放しにしろと？」

「そうは言っていない。裏切り者には裏切り者にふさわしい扱い方があるということだ」

「……説明しろ」

「学院長は攻撃魔法のエキスパートだ。魔道具学部長は魔道具の扱いに長《た》けていよう。利用できる」

「……つまり、その二人を刺客に仕立てあげると？」

「刺客？　違うな。失っても痛くない捨て駒《ごま》だ」

光の騎士団にとって、学院長も魔道具学部長もただの駒にすぎない。

裏切っている可能性があるならば、わざわざ精査などせず使い捨てにすればいいだけだ。

「だが、肝心の『隠者』の正体も所在もつかめぬ」

「どうせ学院長たちは捨て駒なのだ。適当に……そうだな、ケイの弟子辺りにぶつければよかろう」

「ふむ。確かにケイの弟子が、『隠者』との連絡役を担《にな》っているのは間違いなさそうだ」


姿を消したケイと「隠者」が連携している。

もしくはケイが「隠者」本人であると、光の騎士団は考えつつあった。

そしてケイと「隠者」の連絡役は、ケイの弟子、つまりヴェルナーである可能性が高い。

ケイ本人が「隠者」の場合は、ケイと皇国中枢との連絡役がヴェルナーに違いない。

光の騎士団はそう考えた。

「弟子を殺すことは、ケイと『隠者』に対する宣戦布告としてふさわしかろう」

「そうだな。そろそろ何らかの成果も欲しいところであるしな」

「ケイの弟子を殺せば、ガラテア帝国もひとまず満足するだろう」

光の騎士団は、ガラテア帝国と手を結んでいる。

だが、支配下にあるわけではない。

ラインフェルデン皇国に戦乱を起こそうとする光の騎士団に、ガラテア帝国が資金や技術を援助している。

そういう関係だ。

光の騎士団が暴《あば》れれば暴れるほど、ラインフェルデン皇国の国力は落ちる。

それは結果的にガラテア帝国に利することになるのだ。

互いに利用しあう関係ではある。


「ガラテア帝国の望む成果を出せなければ……」

ガラテア帝国からの資金援助が滞《とどこお》る可能性が高い。

それは光の騎士団としては絶対に避けたい事態だった。

光の騎士団は、計画がことごとく上手《うま》くいかず焦《あせ》りつつあった。

光の騎士団は、焦りから無謀なる襲撃計画に着手した。

◇◇◇◇◇

ヴェルナーが辺境伯の王都屋敷の離れ家を研究所にした日の夜のこと。

賢者の学院の魔道具学部長の研究室では、魔道具学部長が一人で頭を抱えていた。

「クソがっ！」

彼は怒りに任せて、壁にインク壺《つぼ》を投げつける。

当然、壺は砕けてインクが飛び散った。


魔道具学部長も一流の魔道具学者だ。

だというのに、助教にすぎなかったヴェルナーの研究ノートの解読すら終わっていない。

本来の研究ノートは別にあり、適当にでたらめを書いているのでは？　と思ったことすらあった。

だが、少しずつ解読が進んできたのだ。

それによって、何をするための魔道具なのかも、判明しつつあった。

ということは、つまり研究ノートは本物だ。

本物の研究ノートを手にしているというのに、理解できない。

未《いま》だにわからない部分が九割を占めている。

ヴェルナーが残していった部品類もどう使えばいいのかすらわからない。

それは魔道具学部長のプライドをひどく傷つけた。

「あいつら……」

魔道具学部長の脳裏《のうり》に浮かぶのは、定時で帰って行った助教たちのことだ。

「俺より先に帰りやがって……。この開発が終わったらクビにしてやる」

最近では魔道具学部長は常にいらついていた。

そのため、助教や准教授、院生たちへの態度もますます理不尽になりつつあった。

手が出ることも、一日に一回や二回ではない。

だから、研究所全体の士気は著《いちじる》しく低い。

◇◇◇◇◇

ちょうどその頃《ころ》、魔道具学部長の研究室メンバーは酒場にやってきていた。

定時で強引に上がって、酒を飲みながら学部長の悪口を言うのが、彼らの日課だ。

「自分もわからねーくせに、怒鳴《どな》りつけるとかひどいと思いません？」

「ほんとにな。学者としてはヴェルナー先生の方が数倍上ってことを、自覚してほしいよな」

「嫉妬《しっと》して、追放してる場合かっての。それで開発できなくなるとか、馬鹿《ばか》なんじゃねーか？」

「俺、明日からしばらく休みますわ」

「あ、俺もそうしようかな。理不尽に殴られるのはもう我慢《がまん》ならん」

魔道具学部長の指導下にある者たちは、ストライキに入ることを決めた。

だが、それを魔道具学部長が知ることはなかった。

◇◇◇◇◇

魔道具学部長は追い詰められていた。

学院長からは嫌味を言われ、ゲラルド商会からは脅《おど》されている。

魔道具学部長は家にも帰らず、ヴェルナーの残したものの解読作業を続けていた。

その作業は深夜に及《およ》ぶ。

卒業研究の時期はとっくに終わっている。

春休みの時期に入っているので、周囲の研究室に残っている者はいない。

職員たちもとっくに帰っている。

——コト

だというのに、入り口から音がした。

「む？　誰だ？」

助教たちの誰かが、心を入れ替えて、手伝いに来たのかもしれない。

「お前ら、さっさと作業に戻れ！　ふん！」

お礼も言わず、音のした方に目を向けることもなく魔道具学部長は吐き捨てた。

「さっさと……」

「さっさとするのはお前だ」

「なに⁉」

知らない声が聞こえて、魔道具学部長は慌てて振り向く。

だが、視界が一瞬で暗くなった。

「なに？　なんだ！　おい――」

「黙れ」

首にひんやりとした金属の感触があった。

「騒《さわ》いだら殺す。わかったら頷け」

「――」

魔道具学部長は何度も何度も頷いた。

何が起こったのかわからない。

だが、逆らったら殺される。それは魔道具学部長にもわかった。

静かになった魔道具学部長は手足を縛られる。

そして嗅《か》いだことのない臭いがしたと思ったら、意識を失った。

…………………

…………

……


「……おい、さっさと起きろ！」

怒鳴られると同時に水をかけられ、魔道具学部長は目を覚ます。

「……こ、ここは？」

「質問の許可を出したか？　口を開くな」


魔道具学部長は薄暗い部屋の中にいた。

固定された椅子に座った状態だ。

足は椅子の脚《あし》に縛られていて少しも動かせない。

腕も背もたれの後ろで縛られている。こちらも全く動かせなかった。

そして、目の前には全身黒ずくめで、覆面《ふくめん》をした人物がいる。

その人物の手には何に使うかわからない、だが、恐ろしい造形の刃物らしき物が握られていた。

「ご……」

「あ？」

問いかけようとしたら殺気の籠《こ》もった目に睨まれた。

魔道具学部長は口をつぐむ。

魔道具学部長は彼らを強盗だと判断した。

お金などない。そうアピールしたかった。

だが口を開くなと言われているので、それもできない。


数分後、部屋の中に一人の恰幅《かっぷく》のいい男が入ってきた。

知っている男だ。

学院長と魔道具学部長を低姿勢で接待し続け、お金を貸してくれた商人。

つまりゲラルド商会の商会長、ゲラルド本人だ。

ヴェルナーをクビにするようにとそそのかした人物でもある。

「ゲラルドさん！　助けてくれ！　こいつが、私に……」

助けてくれと声を出した魔道具学部長に、ゲラルドは冷たい目を向けた。

「つくづく失望させられましたよ、先生」

その態度は、これまでの卑屈《ひくつ》なぐらい低姿勢なものとは全く違った。

「な、なにを」

「私は、魔道具を完成させろと言いましたよね？」

「魔道具の開発は難し――」

反論しようとした瞬間、黒ずくめの男に顔を殴られた。

魔道具学部長は一瞬何が起こったのかわからなかった。

殴ることはよくあったが、殴られたことはなかったからだ。

「お前、私のことを舐《な》めているだろう?」

ゲラルドは魔道具学部長が見たことのないほど冷たい、ごみを見るような表情を浮かべていた。

そして魔道具学部長の髪を鷲摑《わしづか》みにした。

今まで温和な表情で、丁寧で低姿勢だったゲラルドの豹変《ひょうへん》に、魔道具学部長は恐怖を感じた。

それに、鷲摑みにされた髪の毛がとても痛い。

ブチブチと髪の毛が抜けて、ちぎれる音がする。

「待ってくれ、ち、違う、違うんだ」

「いいや、違わない。なぜ魔道具を完成させない? もっと俺から金を取ろうとでも思っているのか?」

「本当に違うんだ! 難しくて——」

「難しくて? たかが助教の魔道具だ、俺ならすぐにできると言ったのはお前だろうが」

「だ、だが、本当に難しくて」

「ということは何か? お前は怠慢《たいまん》でも私を舐めているわけでもなかったと」

魔道具学部長は何度も何度も頷いた。

「つまり、助教が完成間近まで作り上げた魔道具を、代わりに完成させられないぐらいお前は無能ってことか?」

「…………」

自分を無能と認めることは、プライドの高い魔道具学部長にとって難しかった。

「おい」

沈黙した魔道具学部長を見て、ゲラルドが黒ずくめの男に声をかけた。

男は無言で消えると、すぐに戻ってくる。

その肩には布袋を担《かつ》いでいた。

男は布袋を魔道具学部長の前に投げ捨てる。

「ぐぇ」

布袋の中からうめき声がした。

なにやら布袋の中には、生きた人が入っているらしい。

よく見たら布袋のいたるところが、血に染《そ》まって赤くなっている。

「だ、誰なんだ？」

「誰だと思う？」

そう言いながら、ゲラルドは布袋の口を開ける。

「ひっ！」

魔道具学部長は思わず悲鳴を上げた。

中に入っていた人物は首から上しか見えないが血まみれだ。

そして魔道具学部長には、まったく見覚えのない人物だった。

「うぁ……」

呻《うめ》く血まみれの人物に対して、ゲラルドは、

「おい、お友達を連れてきてやったんだ。挨拶しろ」

「…………うう」

血まみれの人物は意識が朦朧《もうろう》としているようだ。

まともに言葉を発することもできていない。

「ったく。おい、まだ気付かないのか？　お友達だっていうのに」

「と、友達だと？　俺はこんな男を知らない」

「薄情だな、お前と仲のいい学院長だよ」

そう言ってゲラルドは笑う。


顔の骨が何か所も折れているようで、人相が全く変わっている。

髪の毛も力づくでむしられたようだ。頭皮が剝《は》がれて血が流れていた。

首から上がこの状態なのだ。

恐らく首の下も、大変な状態になっているのだろう。

「私を舐めているようだったから『話し合い』をしたらこうなった」

「……は、話し合い、ですか？」

魔道具学部長は思わず敬語を使っていた。

「お前も無能なら、生かしておく価値はないんだがな」

「私は無能じゃないです！」

「なら、お前も私を舐めていたのか？　『話し合い』が必要か？」

「ち、違います！」

「違う？　どう違うんだ？」

命の危険を感じた魔道具学部長は一瞬で考えを巡らせる。

「いえ、おっしゃる通りです。慢心《まんしん》があったのだと思います。申し訳ありません」

「ほう？」

「心を入れ替えて、すぐに完成させますので、どうかどうか、お許《ゆる》しください」

「ふむ」

すると、ゲラルドは笑みを浮かべる。

見慣れた、優し気でどこか卑屈な笑みだ。

「それならばいいんですよ、先生」

「は、はい」

「私は、先生に、期待しておりますからね」

「お任せください。ただ、研究開発の道具が研究室にあって……」

何とか解放してほしくてそんなことを言う。

「ああ、それならば問題ありませんよ。先生のために研究室の開発道具や研究ノート、その他色々を丸ごと持ってきましたから」

「あっ、ああ……」

「先生に、わざわざ帰っていただかなくても、ここで研究できるようにしておきましたからね」

「ですが……」


魔道具学部長は、無事に解放してもらえるように色々と話そうと思った。

研究員が必要だとか、資料がいるとか言えば、研究室に帰してもらえるかもしれない。

研究室に戻れれば、人目がある。

乱暴もされないだろうし、助けを求めることもできるだろう。


そのとき、黒ずくめの男がゲラルドに言う。

「こいつ、どうしますか？」

男の言うこいつとは、学院長だ。

「そうですね。これだけ痛めつけたら逃げようとはしないでしょうし、治癒《ちゆ》魔法をかけてもいいでしょう」

「わかりました」

「まだ、色々使いようがありますから」

男は布袋に入った学院長を担いで部屋から出ていった。

「学院長先生はねぇ。反抗的だったからああなったんですよ」

「反抗的……」

「研究は学院じゃないとできないとか、そういうことを、しつこくおっしゃいましてね」

「………」

「しかし、私たちは優しいので、学院長先生を殺したりはしません。攻撃魔法の権威ですからね。色々と教えていただきたいこともありますし……」

使える間は殺されない。ならば、まだ希望がある。

魔道具学部長はそう考えた。

「必要なのは知識ですからね。『話し合い』をしたら学院長先生は快く教えてくれるようになりましたよ。最近では薬を使って――」

ゲラルドはいかに脳を痛めないようにして、精神を痛めつけるのかを楽しそうに語る。

学院長は解放されたとしても、もう日常生活は送れないに違いない。

ゲラルドの話は、魔道具学部長にそう確信させるに充分な内容だった。

「わ、私は、反抗しません。誠心誠意全力を尽くします」

「それならよかったです。私も先生と『話し合い』なんてしたくないですからね」

ゲラルドはまた優しそうな笑みを浮かべた。
その表情は、どう見ても善人にしか見えなかった。

第八章

新しい拠点でのまったりとした日々

オイゲン商会で買いものをした後、俺《おれ》はハティと買い食いしながら、辺境伯家の離れ家へと戻った。

それから夕食までの間に、俺はベッドを設置した。

それだけでなく、シャワーを温水が出るように改造した。

水を温水にする魔道具の作り方は、ケイ先生に入門したての頃《ころ》に開発している。

だからそれを思い出して、組み立てるだけだ。

「……ここをいじればもっとよくなるな」

「きゅる」

最近、俺の独り言にハティは返事をしない。

こっちを見ながら首をかしげるだけだ

シャワーからお湯が出るようにする改造はすぐに終わった。

「これでよしっと。……改良したお湯を出す魔道具は今度オイゲン商会に卸《おろ》そう」

とりあえず十個ぐらい作って、売れ行きを見て、たくさん作るかどうかを決めたらいい。

売れ行きがいいなら、製造法をオイゲン商会の魔道具職人に教えるのもいいだろう。

当然、全部自分で作るよりも、一個あたりの利益は減る。

だが、製造まで委託すれば、製造量が増えるので、結果的に収入は増えるのだ。

それに販売価格自体を下げることもできる。

そうなれば、温かいシャワーをたくさんの人に使ってもらえるようになる。

それは魔道具開発者冥利《みょうり》に尽きるというものだ。


「販売するなら、加工が簡単な素材に変えて……」

俺は頭の中で設計図をさらに改良していく。

オイゲン商会の魔道具職人でも作りやすいように、加工が難しい部分を簡単に作れるようにするのだ。


一通り考えたあと、研究ノートに書いていく。

「これでよしっと……。ハティ？」

「主《ぬし》さま！　これはすごいのじゃ！」

ハティは、楽しげにシャワーを浴びていた。

この研究所は平屋で、大きな一部屋だけでできている。

俺のいる研究スペースとシャワーの間に仕切りはない。

だから、シャワーを浴びているハティの様子がよく見えた。

ハティは頭からお湯を浴びて、羽をパタパタさせている。

手で顔をごしごししているが、背中には届かないようだ。

「主さまも一緒にシャワー浴びるのじゃ！」

「それもいいな」

一から開発したわけではないが、改良して製作した魔道具の最初の完成品である。

自分で使ってみるのは大切だ。


俺は服を脱いで、シャワーエリアに入る。

「主さま！　お湯は気持ちいいのじゃ」

「そうだな。ハティ、洗ってやろう」

「いいのかや？　嬉《うれ》しいのじゃ！」

頭の上、羽と羽の間、指や爪《つめ》の間、角まで綺麗《きれい》に洗っていく。

「ふぉぉぉぉ。気持ちよいのじゃぁ」

「ならよかった」

「ハティも主さまを洗うのじゃ！」

そう言ってハティは、パタパタ飛ぶと俺の背中を流してくれた。

「ハティありがとう」

「お返しなのじゃ！　……主さま、主さま！」

「ん？　なんだ？」

「次は何を作るかや？　パン焼き魔道具かや？」

ハティの期待を感じる。

ハティはパンが大好きなのだ。

「そうだなぁ。急ぎの魔道具もないし……」


オイゲン商会へのお礼と挨拶《あいさつ》代わりには、今改良したお湯の魔道具を卸せばいいだろう。

それに、お湯の魔道具の原型は俺が十歳の時に作ったものだ。

比較的簡単なので、弟子《でし》入りしたロッテに製造を手伝わせてもいいだろう。

よい教材になりそうだ。

ロッテにお湯の魔道具の製作を任せて、俺は新しい魔道具を開発することにしよう。


「新しい魔道具……せっかくだしパン焼き魔道具を作るか」

「やったのじゃ！」

「だが、本格的な製作に入る前に、パン焼きについて学ばないとな」

「なるほどー。大変なのじゃな！」

その日の夜から、俺はパンの作り方の本を読み始めた。

ハティも俺の肩の上から一生懸命本を読んでいた。

次の日は早起きして、辺境伯家の調理人からパン焼きについて、教えてもらった。

ハティも大真面目《おおまじめ》な顔で、作り方を聞いていた。

パン作りについて学んだ後は魔道具作りだ。

別に急ぎでもないし、ゆっくりと、のんびり開発を進めていった。

途中、ティル皇子が遊びに来たりもした。


そして、俺が研究を始めたと聞いたロッテもやってきた。

「お師さま、よろしくお願いします」

「うむ。ロッテにはこれを作ってもらう」

「はい！」

俺はロッテにお湯の魔道具の完成品を見せる。

「何のための魔道具かわかるか？」

ロッテは真剣な表情で観察し、

「水をお湯に変える魔道具でしょうか？」

「よくわかったな」

「似た魔道具を見たことがあったので……ですが、この部分が違っていて……」

ロッテは俺が昔作った魔道具のことも知っていたらしい。

そして、変更箇所にもちゃんと気付いた。

「素晴らしい。その通りだ」

「ありがとうございます」

ロッテは独学で、ある程度勉強しているようだった。

それならば、教えるのも楽だ。

俺はお湯作り魔道具の研究ノートを渡して、部品の一つの製作を指示する。

まず部品を作ってみせて疑問点を質問させ、次に本人に作らせてみる。

そして、作っている途中でわからない点があれば、その都度答えていく。

「ロッテに頼んでいるのは簡単な作業だが、大切な作業だ」

「はい。お師さま」

「作っているうちに何か得るものがあるかもしれない」

「はい、頑張《がんば》ります！」

ロッテに簡単な作業を手伝ってもらいながら、お湯の魔道具も作っていく。

自分でやれば十個作るのに二時間もかからない。

だが、ロッテの教材でもあるので、急がずゆっくり進めていった。


俺はハティとロッテとのんびり研究を続ける日々を過ごす。

急ぎの仕事がないというのはとても素晴らしいことだ。

俺は天気がいいと、研究所の外でハティと一緒に昼ご飯を食べることにしていた。

ロッテは基本的に午後から来る。

だが、ロッテが昼飯時にいるときはロッテも一緒だ。たまに姉もやってくる。


今日のお昼ご飯は、ハティと二人きりである。

「いやぁ、のんびりするのもいいものだな」

「はぐはぐはぐ！　主さまは忙《いそが》しく働いていると思うのじゃ！」

「いや、そうでもないぞ」

ものすごく平穏だ。のんびりしている。

ロッテが来たら、お湯を作る魔道具作りをやってもらう。

そして、俺はのんびりとパン焼き魔道具を開発する。

パンの製造法の本を読んだり、魔道具の構造を考えたり魔道具の素材を厳選したりする。

どの作業も楽しい。


「主さまは、弟子は放置するって言ってた割に、丁寧《ていねい》に教えているのじゃ」

「そういえばそうだな」

もしかしたら、俺は教えるのは嫌いではないのかもしれない。

「忙しくなったら、放置になるだろうさ」

「そうなのかや～。でも、主さまはロッテに教えたり魔道具を作ったり、いつも忙しそうなのじゃ」

「そうでもないよ。朝もゆっくり起きているし」

「そうなのかや～」

「学院の頃に比べたら、格段にいい生活だよ。朝ご飯も美味《おい》しいし」

「たしかにパンが美味《うま》いのじゃ！」


朝も夜明けとともに起きるほど、早くはない。

ゆっくり起きて、ハティと、そしてタイミングが合えば姉も一緒に朝ご飯を食べる。

朝ご飯は、賢者の学院にいた頃食べていた乾燥《かんそう》パンではない。

美味しいパンや卵やベーコンに、お茶も飲める。


「お昼も太陽の下で、美味しいパンとお茶にスープ。そして何よりのんびり食べられるしな」

天気のいい日は、今みたいに庭でのんびり食べられる。

冬とはいえ、気持ちがいいものだ。

賢者の学院にいた頃には考えられない。

「そうなのかやー。ハティも美味しいご飯を食べられるから嬉しいのじゃ」

「そうか」

ふと、俺を追い出した魔道具学部長と学院長を思い出す。

彼らはきっと、今でも学院で政治闘争でもしているのだろう。

俺から奪った開発途中の魔道具の開発に苦労しているかもしれない。

俺の理論はケイ先生直伝なので、解読はなかなか難しかろう。

苦労すればいいのだ。

少なくとも、俺ほどのんびり平和に、好きなことをしていられるわけではないだろう。

「まあ、あいつらは学院で苦労していればいいさ」

俺には関係のないことだ。


そんな平穏な日々を過ごし始めて、一週間が経《た》った日の夜。

パン焼き魔道具が完成間近になったので、俺は寝ずに開発を進めていた。

「主さま。寝ないのかや」

「もう少しで完成するからな、止まらん」

「そっかー」


日付が変わり、俺はパン焼き魔道具を完成させた。

ハティは俺のひざの上で、気持ちよさそうに眠っていた。

ちなみにロッテは、数時間前まで研究室で俺の手伝いをしていた。

だが、ロッテはまだ子供なので、夜更《よふ》かしはさせられない。

辺境伯家の屋敷の方で休ませている。

「よし、とりあえずパンを焼いてみるか」

俺はできたばかりのパン焼き魔道具を起動して、材料を突っ込んだ。

後は放置すればいい。

無事、完成していたら、数時間後には美味しいパンができているはずだ。

「果たして明日の朝に美味しいパンを食べられるかどうか」

魔道具の完成度次第で、朝食の質が変わる。

もし魔道具がうまくできていたなら、次はパンに最適な小麦粉探しもしてみたい。

「さて寝るか」

俺は寝ているハティを抱っこしてベッドへ連れていく。

そして、ハティの隣に横たわろうとして、

「む？」

何者かが結界に侵入しようとしていることに気がついた。

玄関をこじ開けようとしているようだ。

眠るところだったのに、客が来たのなら仕方がない。

「味方か敵か。それが問題だ」

俺は、ベッドに寝かせたハティに毛布《もうふ》をかけると、玄関へと向かう。
そして、内側からこっそり外を窺《うかが》った。
こちらからは見えるが、外からは覗《のぞ》けない。そういう機能があるのだ。
もちろん、これも俺が作った魔道具、結界発生装置の機能である。

「ふむ？　どうやら賊《ぞく》だな」
ロッテや姉、屋敷の使用人でもない。
色々な道具を手にした黒ずくめの人物が扉をこじ開けようとしていた。
その数は三人。恐らく強盗団だろう。
出入りするとき以外、研究所には常に結界発生装置を展開させている。
だから入ろうとしても入れまい。
「とりあえず、王都の治安のためにも捕《とら》えておくか」
俺は玄関から離れて、隠された裏口へと向かう。
そして一瞬だけ結界発生装置をオフにして、裏口から静かに出た。
すぐに結界発生装置を起動して、気配を消して外から玄関の方へと回り込んだ。
結界抜きでも玄関は非常に頑丈で、容易には破れないようになっている。
それに結界を解除したのも一瞬だったので、賊は気付いていないようだ。

気配を消した俺が、背後から賊に声をかけようとしたとき、

「ここで何をしているのですか」

ロッテの声が響く。

ロッテは慣れない屋敷で寝つけなかったのだろう。

そしてトイレに行ったか何かの際に、賊に気付いて止めようと出てきたようだ。

王女にあるまじき振る舞いである。

(師匠として、あとで説教しないと)

こういうときは、使用人に命じて対処させるべきなのだ。

王女自ら出てきても、いいことは何一つない。

「大人しく縛《ばく》に就《つ》きなさい。悪いようにはしません」

そう言って賊に向かって、剣を突きつけている。

ロッテは剣と魔法の腕に自信があるらしい。

強大な魔物相手ならともかく、少なくとも三人の夜盗程度に負けない自信はあるようだ。

(慢心《まんしん》だな。……師匠の気持ちがわかった気がする)

師匠はことあるごとに「わしの方が強い」と俺の慢心を諌《いさ》めてくる。

調子に乗る弟子ロッテを見て、師匠が俺をどういう目で見ているのかなんとなくわかった。

夜盗たちは、ロッテをちらりと見る。

同時に一人の夜盗が、ロッテに短剣で斬《き》りかかった。

その動きは速い。超一流の戦士の動きだ。

いや、殺気を全《まった》く感じなかった。戦士と言うより暗殺者のそれに近い。


「ひっ」

ロッテに短剣が届く寸前。

俺はロッテの前に走り込み、魔力を纏《まと》わせたローブの袖《そで》でその短剣を防いだ。

そのローブは師匠からもらったものである。

防御力は折り紙付きだ。

「お師さま。すみません」

「あとで説教だ。今は大人しくしていなさい」

ロッテは頷《うなず》く。


俺はローブを脱いでロッテにかけた。

そうしてから、三人の夜盗を睨《にら》みつける。

「お前ら、うちの離れに何の用だ？　ここには金目のものなんてないぞ？」

「…………」

その瞬間、賊たちから強い殺気を感じた。

そして、無言のまま襲いかかってくる。

「……穏やかじゃないな」

俺に襲いかかってきた賊は三人の中の一人。

手にしている短剣は刃が黒い。

夜闇《やあん》にまぎれさせるためだろう。

刃は黒いだけではなく、何かどろりとしたものが塗られている。

恐らく毒だ。

「やはり暗殺者だな」

俺は短剣をかわし、賊のあごに拳《こぶし》を叩《たた》き込《こ》む。

俺は格闘戦も、ある程度心得がある。

師匠の薫陶《くんとう》の賜物《たまもの》だ。

師匠は基本的に放置だったが、たまに気まぐれのように学院の外に連れ出してくれた。

そして、凶悪な魔物が跋扈《ばっこ》する地に放《ほう》り込まれたりしたものである。

「む？」

殴った瞬間、変な感触を覚えた。

ただの人間なら確実に倒せる攻撃だった。

だというのに、賊は倒れる気配がない。

「お前、人間じゃないだろ」

「…………」


その賊は俺の問いには答えない。

俺の急所目がけて、短剣を振り下ろす。

見事な動きだ。

長年の鍛錬を積んだ人間としか思えない。

なのに、殴った感触は、全く人間ではないのだ。


「……しかも」

俺は後ろにいる二人が気になった。

襲いかかってはこない。

だが、魔力を練っている気配を感じる。

まるで前衛に時間稼ぎをさせて、大魔法でも用意しているかのようだ。

前衛より、後ろの二人をどうにかすべきだろう。

「まあいいか。とりあえず、倒れておけ」

人間でないならば、生かしたまま制圧する必要もない。

俺は手に魔力を纏わせて、前衛の攻撃をかわしざまに首をはねた。

だが、そいつはまだ動いていた。

「……どういう仕組みか、気になるな」

後で調べることにして、手足を斬り落として動けなくする。


そして、俺はそのまま後ろの二人に襲いかかった。

「大人しく捕まっておけ」

「……死ね」

「許《ゆる》さぬぞ」

感情のこもらない声で呟《つぶや》きながら、二人が俺を目がけて魔法を放ってくる。

「うぉ！　危ないな」

思いのほか高威力だった。

周囲に被害をもたらさないよう、咄嗟《とっさ》に魔法で障壁を作って攻撃を防ぐ。

そうしながら、俺は二人に炎魔法を撃ち込んだ。

二人は全く動じず、防御すらしない。

二人の顔を隠していた布が燃え落ちる。


………それは学院長と魔道具学部長だった。

「天下の賢者の学院の学院長と魔道具学部長が強盗ですか？」

「強盗？　それは違うぞ。シュトライト」

学院長は笑顔でそう言うが、言葉に抑揚《よくよう》がない。

感情が全くこもっていなかった。

そして、二人ともどこか若返っている。

「強盗じゃなければ何なんです？」

「シュトライト。お前を殺しにきた」

魔道具学部長も嬉しそうに笑顔を見せる。

言葉には感情がないのに、表情は感情豊かだ。

その齟齬《そご》が、異様に気持ち悪かった。

「そうですか。先生方にできますかね」

「調子に乗るなよ。シュトライト」

学院長は魔法を放つ。

それは火炎魔法と風魔法を同時に行使した、強力な複合魔法だ。

炎の竜巻《たつまき》となり、周囲を焼き尽くさんと暴《あば》れ回る。

「さすがは学院長。攻撃魔法の権威と言われるだけのことはありますね」

そうはいっても強すぎる。

最近の学院長は理論研究はしていたが、魔法の実践はしていなかった。

ここまで強いはずがないのだ。

俺は炎の竜巻を抑えるために周囲を障壁で覆《おお》う。

広い範囲を、多重の障壁で覆うのだ。

そうしなければ、辺境伯家の屋敷だけでなく、周囲一帯を業火《ごうか》で焼き尽くしてしまうからだ。

「油断したな、シュトライト」

俺の真横から魔道具学部長の声がした。

同時に、強力な雷が俺に落ちる。

ギリギリ障壁を張って、自分の身を守った。

「学部長。強くなりました？」

魔道具学部長は、攻撃魔法はさほど得意ではなかったはずだ。

「当然だ。我らは生まれ変わったのだ」

そして、学院長と魔道具学部長の顔が血のように赤くなっていく。

頭から角が生え、背からは羽が生える。

二人は、完全に人間ではなくなっていた。

変貌する二人を見て、ロッテは「ひっ」と小さな悲鳴を上げた。

俺は二人に、いや二匹に語りかける。

「何があったか知らないが、人間をやめたのか」

人間じゃないなら敬語を使う必要もない。

「ああ。やめた。お前もどうだ？　素晴らしい気分だぞ」

「お前も人間をやめるなら、命は助けてやろう。そこの女の命も取らないでおいてやるぞ」

学院長も魔道具学部長も笑顔だ。

学院では、一度も見たことのないほど優しそうな笑顔だった。

「断る」

「お前には勝ち目はないというのに、意地を張るのか？」

「化け物になったぐらいで俺に勝てると思うな」

そう言うと、二匹はにやりと笑う。

「新しい身体《からだ》を手に入れただけのわけがないだろう？」

魔道具学部長だった化け物がそう言うと同時に、先ほど倒した一体が動き出す。

首と手足を斬り落したというのに、まだ動けるらしい。

どうやら、予備の手足が生えるようになっていたようだ。

「どうだ？　お前が開発していた兵器を完成させたのだ」

「俺は兵器を開発していたわけではないんだがな」

俺が作っていたのは、自動で犬の散歩をする魔道具だ。

「それをどう間違ったらこうなるんだ？」

「改良してやったんだ。ありがたく思うがいい」

その魔道具は毒塗りの黒い刃を振りかざしてロッテに襲いかかる。

同時に手から炎を放った。

ロッテを襲うことで、俺の意識をそちらに向けさせようというのだろう。

俺は、ロッテとその魔道具の間に入る。

それと同時にロッテの手から剣を借りると、魔道具の振るう短剣を防いでいく。

「こういうときは武器を持っていた方が便利だな」

俺は魔道具の攻撃を凌《しの》ぎながら分析する。

「なるほど、犬の糞《ふん》を回収させる機構を使って短剣を振り回させているのか」

糞をした位置や地面や床の素材によって、綺麗に回収するために必要な力加減が変わる。

非常に繊細な力加減が求められるのだ。

その機能を使って、自在に短剣を振り回させているらしい。

炎を吐くのは、小便を洗い流すために水を出す機能を改造しているようだ。

水の代わりに油を吐いているらしい。

「本来の用途外で使われると、性能保証しかねるぞ？」

「黙れ、シュトライト、何を余裕ぶって――」

学院長と魔道具学部長は魔道具と合わせて攻撃魔法を放ってくる。

彼らの攻撃魔法の威力は高い。人間をやめたせいだろう。

その高威力の魔法をロッテと俺の両方に向けて放ってくるのだ。

俺は攻撃を全《すべ》て障壁で凌ぎながら、魔道具を破壊した。

今度は再び動き出すことはなかった。完全に動きを止めていた。

「俺の開発した魔道具だ。止めることは造作もない」

その魔道具は本来の姿形と大きさからかけ離れていた。

そのうえ、想定とは大きく異なる使われ方をしていた。

だから、最初は俺の作った魔道具だとは気づけなかった。

だが、自分の開発した魔道具が元になっているのだと気づけば、簡単に止めることができる。


「まさか、お前らの切り札が、あれか？」

動きを止めた魔道具を指さして尋ねる。

「まさか。我らを舐《な》めているだろう？」

「シュトライト。……これに覚えはないか？」

学院長は嬉しそうに懐《ふところ》からこぶし大の宝石のような物体を取り出した。

「ああ、知っている。それも俺が作ったものだからな」

それは魔力を蓄積して凝集《ぎょうしゅう》する機能を持つ魔道具である。

大気中に微量に含まれるマナと呼ばれる魔力や聖霊の力。

それらを吸収し、まとめて体内に流すためのものだ。

本来は治療のための道具である。

生物は、量の多寡《たか》はあれど、皆魔力を持っている。そして魔力を失えば死んでしまう。

かつて、事故や病気で魔力を失い、死にかけた者を救うには、魔導師がゆっくりと時間をかけて魔力を流すしかなかった。

だが、そんなことができるのは一流の熟練魔導師だけ。

国中を探しても数人しかいない。

だから、魔力を失う病気にかかった者は、ほぼ全員が死んでしまっていた。

これはそんな患者たちを救うための魔道具だ。

そしてそれはオイゲンの息子を救った魔道具でもある。

「シュトライト。この魔道具は他にも利用法がある。わかるか？」

学院長は右手に持つ魔道具に、自分の魔力を込める。

すると周囲のマナが奔流《ほんりゅう》となって、学院長の右手の周りを渦巻き始めた。

「さっきも言ったが、本来の用途外で使ったら保証しかねるぞ？」

「シュトライト。いくらお前が魔法が得意だとしても、この魔法を防ぎきることは難しかろう」

「お前こそ、俺を舐めているのか？」

そのぐらいならば、俺ならなんとでも防げる。

「そうか。ならばこれでどうだ？」

魔道具学部長も同じ魔道具を取り出した。

「二人仲良く力を合わせるのか。まあ、やってみたらいいんじゃないか？　通じると思うならな」

「それは違うぞ。シュトライト」

「違うだと？」

「ああ、どちらかはお前を攻撃する。だがもう一方が攻撃するのはお前ではない」

「ロッテでも狙《ねら》うのか？」

それでも防げる。

ロッテの近くに、俺とロッテを囲む障壁を展開すればいいのだ。

「違うぞ？　攻撃するのは王都だ」

学院長と魔道具学部長がにやりと笑う。

それは確かに厄介《やっかい》だ。

二人の魔法攻撃は尋常ではない威力となるだろう。

自分の身を守ろうとすれば、王都の被害を防ぐことは難しい。

王都の被害を防ごうとすれば、自分の身を守ることが難しい。

「どうする？　シュトライト」

「お前が人命を救うために作った魔道具が、王都の人間を殺すのを見過ごすか？」

「それとも、自分の命を犠牲に王都の民を救うのか？」

二匹の右手の周囲を渦巻く魔力はどんどん濃くなっていき、光り輝いていく。

確かに、そのどちらかの魔法が王都に飛べば、王都が半壊しかねないだろう。

「ところで、学院長。いや、この場合は魔道具学部長のほうが適任だな。聞きたいことがある」

「……なんだ？」

「その魔道具の原理や理論を理解しているのか？」

「…………」

魔道具学部長は黙り込んだ。

「そうか、理解できなかったか」

「………………」

魔道具学部長の顔が怒りで歪《ゆが》んだ。

一方、学院長が馬鹿《ばか》にするように言う。

「何を調子に乗っている？　シュトライト。魔道具は使えればよいのだ」

「それはそうだ。学院長の言う通り。魔道具は使えれば、それでいい。そのように作った」

「………」

「だが、開発者はそうはいかない。原理も理論も理解できていなければならないんだ」

「……何が言いたい？」

その問いに、俺は答えない。

「俺もお前も魔法を使う。魔導師だ」

「………」

「俺は、お前の知らない原理と理論を自在に扱っている。俺とお前では、魔導師としてどっちが上だと思う？」

「貴様は何を言っている？　魔法というものは理論ではない。より速く、より強く放てる奴《やつ》が強いのだ」

「それもまさしくその通りだ」

「さっきから、お前は何が言いたいんだ？」

学院長は不愉快そうに、俺を睨みつける。

「俺を侮ったな？　膨大な理論と技術。それを理解し自在に操《あや》る魔導師をなぜ侮る？」

「…………何を」

「学院長はともかく、魔道具学部長はなぜ俺を侮る？　お前も魔道具の専門家だろう？」

「………」

魔道具学部長は黙り込む。

だが、学院長は激昂《げきこう》した。

「わけのわからないことを！　シュトライト！　ただの道具屋が、魔導師に勝てるわけがないだろうが！」

「それは魔道具師を知らないだけだ」

「御託《ごたく》はたくさんだ。それほど強いと言うのならば、我らの魔法を防いでみせろ」

そう言うと同時に、学院長はその右手に纏った膨大な魔力を使って、巨大な火球を作りだす。

そして、すぐにその火球を俺めがけて放った。

「もちろん防がせてもらうよ」

俺は即座に大気中のマナをかき集めると、氷魔法で火球を消し飛ばす。

「どうした？　それで終わりか？　連携しなくていいのか？」

「ど、どうやって、その威力の氷魔法を……。シュトライト、貴様魔道具を隠し持って――」

「魔道具なしでもこのぐらいのことはできる」

「わけのわからないことを……」

俺はわめく学院長を無視して、ロッテを見る。

「ロッテ。魔道具を作るときは、原理と理論を理解しろ。真に理解できれば魔道具は必要ない」

「は、はい」

「俺にできることを、多くの人でもできるようにしたものが俺の作る魔道具だ。だが魔道具で完全再現するのは難しい」

「………」

「つまりだ。俺は、俺が作った魔道具より強い」

ロッテは言葉にならない様子で、俺をじっと見つめていた。

「ふざけるな！」

激昂した学院長は再び魔道具を使って魔力を集めて火球を作ると、俺をめがけて放つ。

そして、今度は魔道具学部長も同時に火球を放った。

魔道具学部長が放った火球は王都に向かう。

だがその火球は少し飛んで目に見えない障壁にぶつかって消えた。

「……何が起こった？」

「新作だよ」

俺は結界発生装置を起動したのだ。

今は結界発生装置を二重で起動している状態だ。

一つはハティの寝ている研究所を覆っている。

もう一つはその外側にいる俺とロッテ、学院長たちを、研究所ごと覆っている。

「いくらでも暴れていいぞ。結界は既に展開済みだ」

「舐めやがって！」

学院長と魔道具学部長が、二人で俺をめがけて魔法を放つ。

俺の魔道具を悪用しただけのことはあり、非常に強力な攻撃だ。

それを俺は障壁と、反対属性の魔法を行使して防いでいく。


「ロッテ」

「は、はい！」

「魔道具にはこういう使い方もある」

「……？」

「一つ一つならできることでも、同時に実行するのは難しい」


今回で言えば、やらなければならないことは四つある。

自分とロッテを守ること。

王都の民に被害を及《およ》ばさないこと。

ハティが寝ている研究所を壊されないこと。

そして、学院長たちを捕らえること。

その四つを同時に実行するのは、俺には難しい。

「同時にできないなら、そのいくつかを魔道具にやってもらうのがいい」

「わ、わかりました」

そして、俺は学院長たちを睨みつける。

「さて、もう気が済んだか？」

「貴様ああああ！」

「許さぬぞ、シュトライト！」

「許されないのは、お前たちだよ」

俺は学院長の魔法を吹き飛ばして接近すると、二人の魔道具を破壊する。

そして、二人の胴体に大きめの穴を開ける。

「ぐあああああ！」

「ぎゃあああああ！」

「人間をやめたんだ。このぐらいじゃ死なないだろ」

実際、大きな穴を開けたのに、もう塞《ふさ》がりつつあった。

「生命力が人間の比ではないな」

「ぎゃあああ！　やめ、やめろお」

「ひぃいいいいい」

「そうはいっても、お前らを安全に官憲に引き渡すために無力化する必要があるからな」

俺だってこんなことやりたくない。

だが、これほど凶悪な魔物なのだ。そのまま引き渡したら官憲にたくさんの犠牲者が出てしまう。

「あ、引き渡すなら、官憲より近衛《このえ》魔導騎士団かな」

近衛魔導騎士団は皇帝直属の精鋭部隊。

全員が一流の魔導師で、凶悪な魔物が暴れたときなどにも動員される特殊部隊である。

「やめてくれ、い、いたいいいいい」

「んぎゃあああ」

絶叫する学院長と魔道具学部長に、俺は攻撃を続けた。


しばらくして、やっと反応がなくなる。

「そろそろいいかな」

俺は学院長たちを攻撃するのをやめ、魔法で拘束したのだった。

ロッテは俺が拘束《こうそく》した学院長たちをしみじみと見る。

「こうやって拘束するものなのですね」

「……そうだが、ロッテは肝《きも》が太いな」

必要以上に痛めつけたわけではない。

だが、傍目《はため》には、思う存分痛めつけていたように見えただろう。

何度も再生する学院長たちを、魔法で何度も何度も傷つけたのだ。

それは筆舌《ひつぜつ》に尽くしがたい光景だった。

だが、ロッテはあまり動じていないようだ。

「そうでしょうか。今でも少し震えているぐらいです」

「そうか。まあそれはそれとして、熟練の魔導師《まどうし》の拘束は難しい。手と足を束縛《そくばく》し、口を塞いでも意味はあまりない」

「はい、わかります」

手足を束縛すれば、印を結べなくなり、魔法陣を描けなくなる。

口を塞げば、詠唱《えいしょう》もできない。

それでも、熟練の魔導師ならば魔法を使える。

「だから、これだけでは不充分だ。殺すのが一番だが仕方がない。油断はするな」

「わかりました」


とはいえ、身体を何度も何度も繰り返し破壊することで、自己再生を繰り返させた。

だから魔力は尽きている。しばらくは何もできまい。

俺は学院長たちが身につけていた魔道具を取り外していく。

俺の開発した魔力を凝集《ぎょうしゅう》する魔道具は、攻撃を何度も与えている間に壊れていた。

それでも一応欠片《かけら》を集めておいた。


「ロッテ、今から外側の結界を解除するから人を呼んでくれ」

「わかりました」

そして、俺は結界を解除する。

ロッテが駆《か》け出すが、同時に母屋《おもや》の扉が開いた。

「殿下！　ご無事ですか！」

姉が走ってきた。

その後ろには王宮から駆けつけた近衛魔導騎士団の中隊がいる。

「ああ、そうか。ロッテが最初に上げた声で、対応を始めていたのか」

辺境伯家の者たちは近衛魔導騎士団を呼んで、屋敷内で待機していたようだ。

正しい判断だと俺は思う。出てこられても邪魔なだけだ。

有力貴族が王都に過大な戦力を置いていたら、謀反《むほん》を疑われてしまう。

それゆえ、辺境伯家が王都に置いている戦力など大したことはない。

そして、学院長たちに対処できる近衛魔導騎士団が到着した頃には、外側の結界が発動していたのだ。

結界発動後は中に入りたくても入れない。

強力な近衛魔導騎士団といえど、待機するしかない。


「大丈夫です、ローム子爵閣下。ご心配をおかけいたしました」

「ご無事で何よりです。念のために治癒《ちゆ》術師を待機させておりますゆえ」

ロッテは姉によって、屋敷内へと保護された。


そして俺は騎士団の相手だ。

隊長が俺に頭を下げる。

「ヴェルナー卿《きょう》。賊《ぞく》の捕縛へのご協力、誠にありがとうございます」

「いえいえ、火の粉を払っただけです。私に恨みがありそうでしたし」

そして学院長たちを見て、顔をしかめる。

「………これが、『賢者の学院』の学院長のなれの果てですか？」

「そうですね。そして、そちらが魔道具学部長のなれの果てです」

「完全に魔人化してますね」

俺が隊長と話している間にも、近衛魔導騎士たちは学院長たちに魔法封じの首輪をつけていく。

魔法封じの首輪は魔導師を捕縛するときに使われる特別な魔道具である。

魔道具というより、呪具《じゅぐ》に近い。

重犯罪を犯した魔導師にしか使われないものだ。

「ヴェルナー卿、これは一体？」

隊長が尋ねてきたのは、俺が開発した魔力を集める魔道具だ。

「私が数年前に開発した医療用魔道具の一つを、無理矢理改造したものですね」

「なんと」

「そしてこちらは、私が設計して、途中まで開発した犬の散歩自動化魔道具を改造したものです」

近くに転がっている魔道具人形を指さした。

「………なんと」

「こんなことをさせるために設計したわけではないんですけどね……」

悲しくなってくる。

そんな俺を励まそうと思ったのか、隊長が、

「包丁《ほうちょう》だって、美味《おい》しい料理をつくることにも、人を刺し殺すことにも使えますから」

そんなことを言う。

当たり前で陳腐《ちんぷ》すぎる言葉だが、なぜか心にしみた。


隊長が学院長たちの額に食い込むようにつけられた魔道具を指さす。

「これも、ヴェルナー卿がお作りになった魔道具でしょうか?」

「それは私が作った魔道具ではありませんね」

「どのような機能を持つ魔道具かおわかりになりますか?」

「精査しなければ、断言できませんが、似たものは見たことがあります」

「それは一体?」


俺は周囲に聞こえないように声を潜めて、隊長に言う。

「先日、古竜《エンシェントドラゴン》が王女殿下を襲った事件はご存じですか?」

「はい。聞いております」

聞いているならば話が早い。

「あのとき古竜が頭につけられていたものと同種のものに見えます」

「……なんと」

それだけ言えば、伝わるだろう。

ハティは頭に取り付けられた魔道具で、行動を操られていた。

学院長たちも、ある程度操られていた可能性は高い。

「とはいえ、古竜は支配に必死にあらがおうとしていたので、動きが鈍くなっていましたが」

「学院長たちには、その様子が見られなかったと？」

「はい。むしろ積極的に動いていましたね」

「なるほど。背後関係はこちらでも調べてみます」

「ありがとうございます。それと、まだ断言はできませんが、機能はそれだけではなさそうです」

「…………学院長たちの魔人化と関係があると思われますか？」

「まさにそれです。恐らくこの部分が……」

「も、申し訳ありません。ヴェルナー卿」

「どうしました？」

「私では詳しい説明を受けても理解できないと思われます」

「あ、すみません。配慮が足りず」

近衛魔導騎士団は全員が優秀な魔導師だ。

だが、魔道具にも詳しい騎士は少数派だろう。

「騎士団の中でも魔道具に詳しい者を呼びますので、ぜひお話を聞かせてください」

「わかりました」

その後、俺は事情説明のため、近衛魔導騎士団の本部に向かった。

近衛騎士の馬車に乗って移動する。

近衛魔導騎士団の本部は王宮にあるので、王宮に戻るロッテも同乗した。

事件があったばかりなので、安全を重視し、王宮に戻ることになったのだ。

「ロッテ。これを渡しておこう」

「これは？」

「結界発生装置だ。いざというときに使いなさい」

「ありがとうございます。素晴らしい効果でしたね」

「目的は果たせたが、実際に運用してみて課題も見つかった」

「課題とは、一体……」

「外部と連絡が取れないことだ」

実際にロッテが襲われて、これを使って難を逃れたとしよう。

その後、助けを呼べなければ、外に出ることはできない。

最終的に飢え死にするまで、敵に粘られることだってあるかもしれない。

「改修ができるまでは、それで我慢《がまん》してくれ。緊急避難には使えるだろう」

「ありがとうございます。大切にします」

辺境伯家から、王宮は遠くない。

あっというまに到着し、ロッテは侍従《じじゅう》に伴われて王宮内に入っていく。

そして、俺は近衛魔導騎士団に対して事情説明をしたのだった。


事情説明が終わったのは朝だった。

送ってくれるというのを断って、俺は徒歩で帰る。

「まぶしい」

徹夜明けの朝の光は目にしみる。

だが、冬の朝の切るように冷たい空気は気持ちがよかった。


辺境伯家の屋敷に戻ると、姉が待機していた。

「おかえり」

「ただいま」

「状況を説明しなさい」

「さんざん、事情説明してきたばかりなんだが」

「もう一度、私にも説明しなさい。朝ご飯を食べながらでいいから」

「わかったよ。でも、朝ご飯はいいかな。徹夜明けで眠たいし」

そして、俺は姉に手短に報告する。

手短といっても、事情説明を省略しているわけではない。

省略したのは魔道具関連だ。

近衛魔導騎士団の詰め所でした説明は「この魔道具はこういう効果で」みたいなものが大半だったのだ。同じことを話しても、姉には理解できまい。

姉への説明では魔道具については省いたので、二十分程度で終わった。


説明を終えた俺は研究所へと戻る。

「そういえば、パン焼き魔道具第一号でパンを焼いていたんだった」

魔道具が問題なく動いていたら、今ごろパンが焼けているはずだ。

少し楽しみだが、食べる前に一眠りしたい。


そんなことを考えながら、結界を解除して扉を開ける。

「主さまぁぁぁぁぁぁ」

ハティが泣きながら、俺の胸に飛びついてきた。

「どうした?」

「ひくっ、起きたら主さまがいないから……、うぅ……」

「ああ、そうか」

起きて俺がいなかったので、ハティは捨てられたと思ったようだ。

「昨夜は色々あったんだよ」

「色々ってなんなのじゃ？」

ハティは俺の胸に顔をぐしぐしと押しつける。

涙と鼻水がべったりと付いた。

まったく仕方のない幼竜である。

「昨夜、悪い奴がやってきて――」


ハティを抱っこして撫《な》でながら、昨日のことを説明する。

事情説明は三回目だ。

撫でて、説明している間に、ハティは落ち着いたようだった。

「ということで、事情説明をして帰ってきたんだよ」

「そうなのかや～。あ、主さま！　いい匂《にお》いがするのじゃ！　乾燥パンかや？」

落ち着いたハティは、魔道具で焼かれたパンの匂いに気付いた。

「ああ、昨夜、パン焼き魔道具が完成したんだよ」

「すごいのじゃ！　もう食べられるのかや？」

涙と鼻水で濡《ぬ》れていたハティの顔は、今はよだれで濡れていた。

本当に仕方のない幼竜である。

「美味しくできているかどうかはわからないぞ？」

「それでも食べたいのじゃ！」

「わかったよ」

俺はパン焼き魔道具の蓋《ふた》を開ける。

開けた瞬間湯気が上がった。

「ふわぁぁ」

「匂いと見た目は合格だな」

取り出したパンをパン切り包丁で切る。

「中も美味しそうに見えるな」

「美味しそうなのじゃ！」

切ったパンをハティに手渡す。

「食べていいぞ」

「いただきますなのじゃ！」

ハティはパンをハグハグと食べ始める。

「味はどうだ？」

「とても美味《うま》いのじゃ！」

「それはよかった」

「主さまは食べないのかや？」

「俺も食べるよ」

「一緒に食べると美味いのじゃ！」

そう言いながら、むしゃむしゃと食べている。

本当に美味しそうだ。

俺もパンをちぎって口に入れた。

「あ、美味しいな」

「主さま。このパンはすごく美味しいのじゃ！　いままで食べたパンで一番美味いのじゃ！」

それは大げさだと思う。

だが、確かに美味しいパンだった。

「パン焼き魔道具は成功だな」

「やったのじゃ」

そして、俺は再びパンの材料をセットする。

寝て起きた後、改めて焼きたてのパンを食べるためだ。

徹夜明けのため、やけに美味しく感じただけの可能性もあるから、テストが必要なのだ。


「ということで、俺は寝るぞ。昨晩、一睡もしていないからな」

「わかったのじゃ！　主さまが寝ている間、ハティが守るのじゃ！」

「ありがとう。ハティ」

俺がベッドに入ると、ハティは俺の上に座った。

守ってくれているつもりなのだろう。
ハティを撫でながら、俺は目を閉じる。
眠いはずなのに、すぐには寝つけなかった。
昨晩から、色々あったので、まだ身体が興奮しているのかもしれない。

そんなことを考えていると、
「しゅぴー」
ハティの寝息が聞こえてきた。
守ると言ったハティの方が先に眠ってしまったらしい。
もしかしたら、昨夜途中で起きたのかもしれない。
そして俺がいないことに気付いて、それから眠れなかったのかもしれない。
ハティの寝息を聞いているうちに、俺もいつの間にか眠りに落ちたのだった。

終章

皇太子の執務室

ヴェルナーがハティに抱きつかれて気持ちよく眠っていた頃《ころ》。

起床した皇太子の元に、ヴェルナーが襲われたという報告が入った。

報告しに来たのは近衛魔導《このえまどう》騎士団の団長である。

「なんだと？　ヴェルナー卿《きょう》の研究所が襲われただと？　それはまことか？」

「はい。その場にはシャルロット王女殿下もいらっしゃったとのことです」

「！　ご無事か⁉」

「はい。王女殿下は、ヴェルナー卿とご一緒でしたので」

それを聞いて皇太子は安堵《あんど》すると、大きく息を吐いた。

「ふう……。本当に肝《きも》が冷える。ヴェルナー卿がいてくれたことは不幸中の幸いだな」

「まことに」

団長は皇太子に同意して頷《うなず》く。

だが、それを聞いた侍従《じじゅう》が言う。

「ヴェルナー卿が襲われたところに、王女殿下が巻き込まれたという見方もできますが」

「たしかに、そういう見方もできるな」

皇太子はそれだけ言うと、団長に目を向ける。

「詳しい報告を聞こう」

「畏《かしこ》まりました。まず襲撃者ですが、『賢者の学院』の学院長と魔道具学部長でございます」

「…………ふむ？　なぜ？」

皇太子は驚いた。

さすがに学院長と魔道具学部長がそこまで愚《おろ》かだとは思わなかったからだ。

だから、何か理由があるのだと考えた。

「しかも、学院長たちは魔人化していたと」

「なんだと？　背後にいる者は誰だ？」

魔人化したとなると、馬鹿《ばか》な学院長たちが暴走したというだけでは説明できない。

「背後関係は精査中でございます」

「途中経過でもよい」

「はい。どうやら、学院長と魔道具学部長は何者かから脅《おど》されていたようです」

「何者かというのが誰かはわかっていないのか？」

「まだ調査中ですが、恐らくは『光の騎士団』関係なのは間違いありますまい」

皇太子は侍従長を見る。

「先日、学院長と魔道具学部長の背後を洗えと命じたな？　わかったことは？」

「二人とも、複数の商会から多額の金銭、違法な接待などを受けていました」

「その商会からの圧力で、ヴェルナー卿を学院から追い出したと?」

「はい。今はどの商会がヴェルナー卿を追い出すよう圧力をかけたのか、絞り込んでいる最中でございます」

それを聞いて皇太子は、侍従長と近衛魔導騎士団長の両方に言う。

「今回の襲撃事件と、ヴェルナー卿の追放事件は、深く関係しているだろう。近衛魔導騎士団と協力して捜査に当たれ」

「「御意《ぎょい》」」


その後、皇太子はさらに詳しい報告を団長から受けた。

「どうやら学院長たちは拉致《らち》されていたようです」

「拉致だと? 誰にだ?」

「誰に拉致されていたのか。それは学院長の脳には残っておりませんでした」

近衛魔導騎士団は特殊な魔道具と魔法を用いて、学院長たちに尋問をしていた。

近衛魔導騎士団の尋問は、皇国で最も厳しいと評判だ。

どんな悪人だろうと、魔物だろうと、あらゆる情報を全《すべ》て吐き出させられる。

そういう技術を持っている。

近衛魔導騎士団は皇帝直属の、汚《よご》れ仕事もする特務機関なのだ。

「脳に残っていない。…………暗黒魔法か」

「はい。暗黒魔法と分類される魔法なのは間違いありますまい」

「学院長たちは、記憶消去の魔法をかけられて、捨て駒《ごま》にされたということだな」

「そう考えるべきかと」

皇太子は少し考えてから、団長に尋ねる。

「拉致されて、何をされたのだ？」

「学院長は、攻撃魔法の理論を全て記述させられたと言っています」

学院長は攻撃魔法の権威。最新の理論を多く知っている。その情報を引き出したい勢力はあるだろう。

「魔道具学部長は？」

「ヴェルナー卿が残した魔道具の改造、開発途中の魔道具を完成させられたと」

「……魔道具学部長に、それができるのか？」

「魔道具学部長には、助言者がいたと」

「それが誰かは……」

「魔道具学部長の脳に情報は残っておりませんでした」

肝心の情報は消されていたようだ。

「さすがに、敵もそこまで間抜けではないか」

「はい。残念ながら」

「だが、ヴェルナー卿の魔道具を完成させるための助言ができる人物。ただ者ではないはずだ……」

考え込む皇太子に団長が続ける。

「殿下。ハティ王女殿下が操《あやつ》られて、シャルロット王女殿下を襲ったという話は覚えておられますか？」

「ああ、ヴェルナー卿とシャルロット王女殿下の感動的な出会いの話だな」

「はい。そのときハティ王女殿下がつけられていたものと似た魔道具を、学院長たちはつけられていたようです」

「それは確かか？」

「両方を見たヴェルナー卿の証言です。間違いないかと」

「それならば信用してよいな。ヴェルナー卿は具体的にはなんと？」

「同種の魔道具に、魔人化させる機能を取り付けたものであると」

「……ガラテア帝国が魔人化の技術まで手に入れたということか？」

ハティを操った魔道具を作ったのは、ガラテア帝国だと目されていた。

その魔道具に魔人化させる機能まで付与されていたのだ。

「そう考えた方がよろしいかと」

「それは厄介《やっかい》なことだな」

「恐ろしいことでございます」

「となると、魔道具学部長の助言者もガラテア帝国の手の者と考えた方がよいか」

「助言者が一人ではなく、優秀な集団だったならば、短期間で完成させることも可能でしょう」

ガラテア帝国には、ハティを操れるほどの魔道具を作る技術がある。

そして魔道具学部長はヴェルナー追放からずっと研究を続けてきたのだ。

その魔道具学部長と優秀な集団が手を組めば、短期間で研究を完成させることも難しくないだろう。

元々、ヴェルナーは何も隠していないのだ。

教え子である生徒が一目で理解できるぐらいわかりやすく研究ノートを記述している。

教え子といっても、あくまでも生徒にすぎないのだ。学者ではない。

加えてサンプルも作り、設計図もある。

理解できなかったのは魔道具学部長がケイ博士の魔道具体系を理解できていなかったからだ。

それでも時間をかければ解読できただろう。

優秀な魔道具師の集団ならば、もっと早く解読できる。


「優秀な魔導師集団を動かすということは、ガラテア帝国からの影の宣戦布告か」

「そうかもしれませんね」

優秀な魔導師集団は恐らく国家の機関である。

それが皇国の王都、しかも上級貴族の屋敷で王女を襲った襲撃者の背後にいた。

ただごとではない。国防に関《かか》わる重大事だ。

近いうちにラメット王国に対する動きもあるかもしれない。

険《けわ》しい表情を浮かべる皇太子に、若い側近が言う。

「殿下。もしそうならば、まだよいのですが」

「どういうことだ？」

「我が国に天才がいるように、ガラテア帝国にも天才がいるのかもしれません」

「…………まさか。ヴェルナー卿は百年、いや千年、万年に一人の天才だ。同時代に同様の天才が二人いるなど」

「私もそうではないことを祈っております」

「…………諜報《ちょうほう》部門を動員して、天才の存在を探れ」

「御意」

皇太子は指示を出していく。

一通り指示を聞き終えた侍従長が尋ねる。

「賢者の学院はどういたしましょうか？」

「賢者の学院は、皇国の学術研究の柱だ。速《すみ》やかに健全な人事を」

「御意。学院長たちはどうしましょう？」

「国家機密に関することだ。秘密裁判で処理する。裁判官は私が直々に務めよう」

「御意。ですが、操られていたとなると、ヴェルナー卿襲撃を罪に問うことは難しくなるやもしれません」

「構わない。二人とも欲に目がくらみ外患誘致《がいかんゆうち》を行ったのだ。その時点で極刑は免《まぬが》れん」

外患誘致は重罪だ。法定刑は死刑のみである。

「極刑にした上で懲役刑《ちょうえきけい》を科すつもりだ。正式に判決が出たら近衛魔導騎士団に預けるゆえ存分に活用せよ」

「……御意」

極刑判決を下し、死亡扱いとする。

その後、生きた人間とは扱われない。

だから、物のように活用できる。つまり死ぬよりも辛《つら》い罰といえるだろう。

そうして、学院長たちの運命は、本人のあずかり知らぬところで決まったのだった。

書き下ろし短編

「ケイとヴェルナー」

まだ、ヴェルナー・シュトライトが十五歳になる少し前。

ヴェルナーはいつものように魔道具の開発に集中して取り組んでいた。

「ヴェルナー。それは何を作っているんだ？」

「…………」

「ヴェルナー？　ヴェルナー！」

「はいっ？　え、ああ、師匠でしたか。どうしたんですか？」

ヴェルナーが振り返ると、そこには師匠であるケイがいた。

「どうしたんですか、ではないぞ。ヴェルナー。集中するのはよいがな。熱中しすぎるのはよくない」

ケイはため息をつく。

「はい。気をつけます」

「もし、わしが刺客《しかく》だったらどうするのだ？」

「私に刺客を送る奴《やつ》なんていませんよ」

そう言って笑うヴェルナーを見て、ケイは真顔になった。

この優秀な弟子《でし》は相変わらず自分の価値を理解していない。

それが、将来的によくないことを引き起こすのではないかと、ケイは不安になった。

「ふむ。まあいい。で、今は何を作っているんだ？　苦戦しているようだが」

「はい、先生。時空魔法を鞄《かばん》に仕込めないかと思いまして」

時空魔法を鞄に仕込むことで、鞄内部を大幅に拡張し、重いものを入れても重さが変わらないようにする。

それがヴェルナーの新魔道具の構想だった。

そんな魔道具を作ることなど、ケイですら思ってもみなかったことだ。

ケイが思いつかなかったということは、歴史上の他の誰《だれ》も思いついていないだろう。

「……ふむ。発想は面白《おもしろ》い。開発はどこまで進んでおるのだ？」

「まだ、克服《こくふく》すべき点がいくつもありまして――」

そんなことを言いながら、ヴェルナーは設計図をケイに見せる。

ケイが考えていたよりも完成に近かった。

ここまでできていたら、完成寸前と言っていい。

ケイが二、三のアドバイスを与えるだけで充分だ。

それだけで、この恐ろしい「魔法の鞄《マジックバッグ》」とでもいうべき魔道具を、ヴェルナーは完成させるに違いない。

ケイは頰《ほお》を引きつらせる。

「師匠？　どうしました？」

「い、いや、なに。確かに完成までに解決すべき課題がいくつかあるな」

「はい。なかなか難しくて……」

ヴェルナーはそう言うが、数週間もあれば、自力で課題を全《すべ》て乗り越えるだろう。

なんとかしなければなるまい。

ケイは強くそう思った。


この「魔法の鞄」は強力すぎる。

もし、完成したら、兵站《へいたん》の概念が変わり、戦術戦略の両面で革命が起きるだろう。

世界の軍事バランスが大きく変わりかねない。

そうなれば、ヴェルナーの身は、多くの国や組織から狙《ねら》われることになる。

ヴェルナーはそれなりに強い。

だが、集中しすぎる。警戒心も薄い。

そして、何より実戦経験が足りない。

まだ、自分で自分の身に降りかかる火の粉を払えるほどには、強くはない。

「ふむ……そうだな。ヴェルナーには、その魔道具を作るために決定的に足りぬものがある」

「そ、それは、何でしょう！　師匠」

「口で言っても伝わるまいよ。付いてくるがよい」

「はい！」


ケイは、そのままヴェルナーを連れて王都の外へと向かう。

ヴェルナーに外出の準備もさせずに連れ出した。

王都の外に出ると、ケイは飛竜を呼び出して、ヴェルナーと一緒に飛びたった。


「師匠、どこに行くんですか？」

「着いてからのお楽しみだ。期待して待っているがいい」


飛竜の背に乗って一日後。

「ヴェルナー。起きるがよい」

「ふぇ？」

「飛竜の背に乗ったままで、よく熟睡などできるものだな」

「振動が心地いいんですよ」

肝《きも》の太い弟子に、ケイはあきれながらも、袋を押しつけた。

「これを持て」

「はい。これは？」

「食料が入っている。美味《おい》しい乾燥《かんそう》パンだ」

「乾燥パンですか。あれってモソモソしてますよね。……量的には三日分かな？」

袋を開けて、ヴェルナーは中身を確認している。

「一か月」

「はい？」

「一か月生き延びるがよい。一か月後、迎えに来る」

「師匠？」

「死ぬでないぞ。ヴェルナー」

「一体、何を言って――」

そのとき、ヴェルナーはドンという強い衝撃を受けた。

雲の上を飛ぶ飛竜の背から、ヴェルナーはケイに突き落とされたのだ。

「うわああああああああ！」

自由落下しながら、ヴェルナーは慌てて魔法を組み立てる。

重力魔法を駆使して、落下速度を緩《ゆる》めるためだ。

重力魔法は非常に難しい。

自由落下しながらだと、集中しにくいので余計難しい。

それでもなんとか、ヴェルナーは落下速度を緩めることに成功した。


ヴェルナーが落ちながら下を見ると、地面に漏斗状《ろうとじょう》の大きな穴が開いていた。

地表部分が一番広く、深くなるほど、すぼまっていく。

地表部分に開いた穴は、一つの街がすっぽり入りそうなほど広かった。

奥は暗くて、どうなっているのかは窺《うかが》い知れない。

——GUUGYAAAAAAAAA

穴からはおぞましい魔物の声が反響しながら響いてくる。

「……まさか地獄の大穴か？」

地獄の大穴とは、強大な魔物が大量にいるらしいダンジョンだ。

落ちたら命はないとも言われている。

漏斗状の底に入り口があり、その中には広大なダンジョンが広がっているらしい。

そして、ダンジョンは何十という階層になっていて、それを下から順に突破していけば、いずれ地上に出られるという。

だが、一流の冒険者パーティでも裸足《はだし》で逃げ出す難易度らしい。

聞くところによると、千年前の勇者パーティはクリアしたらしいが――

勇者など、おとぎ話の中の存在だ。


「し、師匠！　絶対無理です！」

ヴェルナーは上空目がけて叫《さけ》んだ。

だが、ケイを乗せた飛竜の姿は、既に見えなかった。


一方その頃。

ケイはヴェルナーを突き飛ばした後、自分も飛竜の背から飛び降りた。

姿を隠し、気配を完全に消し、匂《にお》いも音も、魔力も隠す。

そうして、ヴェルナーより先に地獄の大穴の底に到着していた。


「わしが飛び降りたことにも気づけないとは……」

やはり、ヴェルナーには実戦経験が必要だ。

今のヴェルナーが「魔法の鞄」を作り出しては、ヴェルナーの身が危険すぎる。

それは師匠として見過ごすわけにはいかなかった。

「地獄の大穴を、一人でクリアできれば……。まあ最低限自分の身ぐらいは守れるようになるであろう」

そう呟《つぶや》いて、ケイは降りてくるヴェルナーを見守った。

その後、ヴェルナーは一か月かけて、地獄の大穴を一人でクリアした。

その間、ずっと近くでケイは見守っていたのだが、ヴェルナーは最後までケイに気付くことはなかった。

あとがき

はじめましての方ははじめまして。

他の作品から読んでくださっている方、いつもありがとうございます。

作者のえぞぎんぎつねです。

おかげさまで出版することができました。

全ては読者の皆様のおかげです。ありがとうございます。


実はこの後書きは、八月に書いています。

この本の出版予定日は十月なのでかなり余裕がありますね。これまでにないことです。


さてさて、本作は魔道具作りが大好きなヴェルナーが色々頑張《がんば》る話です。

いわゆる追放モノの要素のある作品です。

ヴェルナー本人は研究だけでしていたいのですが、才能と能力がありすぎるため、周囲が放っておいてくれません。

魔道具づくりだけでなく、魔法を扱う能力もものすごく高かったりもします。

そういう意味では無双系の要素もあるといっていいかもしれません。
よろしくお願いいたします。

最後になりましたが謝辞《しゃじ》を。

イラストレーターのトモゼロ先生。とても素晴《すば》らしいイラストをありがとうございます。
ロッテがとても可愛《かわい》いです。それにハティも愛らしいです。
本当にありがとうございます。

担当編集さまをはじめ編集部の皆様、営業部等の皆様、ありがとうございます。
本を販売してくれている書店の皆様もありがとうございます。
小説仲間の皆様、同期の方々。ありがとうございます。

そして、何より読者の皆様。ありがとうございます。

令和《れいわ》三年八月

えぞぎんぎつね

GAノベル

非戦闘職の魔道具研究員、実は規格外のSランク魔導師
～勤務時間外に無給で成果を上げてきたのに無能と言われて首になりました～

2021年10月31日　初版第一刷発行

著者　えぞぎんぎつね

発行人　小川 淳

発行所　SBクリエイティブ株式会社
〒106-0032　東京都港区六本木2-4-5
03-5549-1201　03-5549-1167（編集）

装丁　AFTERGLOW

印刷・製本　中央精版印刷株式会社

ISBN978-4-8156-1081-4
Printed in Japan

ファンレター、作品のご感想をお待ちしております。

〒106-0032　東京都港区六本木 2-4-5
SBクリエイティブ株式会社
GA文庫編集部 気付

「えぞぎんぎつね先生」係
「トモゼロ先生」係

本書に関するご意見・ご感想は
下のQRコードよりお寄せください。
※アクセスの際に発生する通信費等はご負担ください。

https://ga.sbcr.jp/